AF235629

Rainer Bressler, Jurist im Ruhestand und Schriftsteller, geboren 1945, ist Schweizer und lebt in Zürich. In den Jahren 1980 bis 1993 profilierte er sich als Hörspielautor, dessen Hörspiele von Radio DRS produziert und ausgestrahlt wurden.

Bisherige Veröffentlichungen:

7 Hörspiele:

Tom Garner und Jamie Lester; Morgenkonzert; Folgen Sie mir, Madame; Aufruhr in Zürich; Nächst der Sonne; Geliebter / Geliebte; Gaukler der Nacht; Beinahe-Minuten-Krimi

Produziert und ausgestrahlt in den Jahren 1979 bis 1993

Geliebter / Geliebte. 8 Hörspiele, Karpos Verlag, Loznica 2008

Privatzeug 1856 bis 2012. Versuch einer Spurensuche, 5 Bände:

Spur 1 Reisen; Spur 2 Spielen; Spur 3 Schreiben; Spur 4 Dichten; Spur 5 Weben

BoD 2012 bis 2016

Pink Champagne, satirischer Roman, BoD 2020

Schattenkämpfe, Roman, BoD 2020

Kraut & Rüben, Kurzgeschichten, BoD 2020

Reise-Impressionen, Erzählungen, BoD 2020

Fenstersturz, Krimi-Satire, BoD 2020

Texturen, Krimi-Satire, BoD 2020

Axthieb, Krimi-Parodie, BoD 2021

Spassvogel, Krimi-Parodie, BoD 2022

Theaterstücke Band I bis …, BoD 2020/2

Rainer Bressler

Theaterstücke Band VII

Quartett
der historischen
Überlebenskünstler

Heinrich Füssli

Violet und Vita

Cole Porter

Hans Günther B.

Vier Theater-Fantasien

Lektorat und Korrektorat: Rainer Bressler
www.rainerbressler.ch
Umschlagbild: Rainer Bressler, Vernetzungen, Zeichnung
1984 auf Landkarte / Illustrationen: Bilder Rainer Bressler

Herstellung und Verlag: BoD – Books on Demand,
Norderstedt

ISBN: 978-3-7557-9303-8

Bibliografische Information der Deutschen
Nationalbibliothek:
Die Deutsche Nationalbibliothek verzeichnet diese
Publikation in der Deutschen Nationalbibliografie;
detaillierte bibliografische Daten sind im Internet über
http://dnb.dnb.de abrufbar.

Hans Günther B.

Theater-Fantasie
mit historischem Hintergrund
in vier Akten mit je einem Vor- und
einem Nachspiel

Im Zentrum dieser Fantasie in Form eines Theaterstücks über vergangene Zeiten stehen Hans Günther Bressler (geboren 1911 in Jauer, Schlesien, damals Deutsches Reich, gestorben 1985 in Umiken, Kanton Aargau, Schweiz), die Heil- und Pflegeanstalt Königsfelden, die Psychiatrische Klinik des Kantons Aargau, und weitere historische Personen der damaligen Zeit.

Die in diesem Theaterstück erzählte Geschichte basiert auf tatsächlichen Ereignissen und behandelt die tatsächlichen und psychischen Schwierigkeiten eines Emigranten aus Deutschland in der Schweiz während der Zeit des Zweiten Weltkriegs und seine Gefechte mit den Gesetzen und den Vorurteilen der Leute in seinem Kampf ums Überleben. Die tatsächlichen Namen der historischen Personen werden verwendet. Die Geschichte wird im Interesse einer intimen Anschaulichkeit jenseits der biografischen Fakten frei und offen nachempfunden, erfunden und erzählt.

Das Stück ist frei zur Uraufführung.

Personen Bressler, Assistenzarzt
          (Hans Günther Bressler-Kessi, 1911-1985)
          Kielholz, Chefarzt
          (Arthur Kielholz-Lutta, 1879 - 1962)
          Mohr, Oberarzt
          (Peter Mohr-Kessi, 1905 - 1974)
          Berger, Assistenzärztin
          (Berta Berger)
          Pritzker, Assistenzarzt
          (Boris Pritzker-Camer, 1908 - 1983)
          Lisak, Assistenzarzt
          Kessi, Laborantin / Chefsekretärin
          (Gret Bressler-Kessi, 1911-1999)
          Frey, Bürolist / Sohn
          (Edwin Frey-Fritschi / Rainer Bressler,
          geboren 1945)

Ort   Heil- und Pflegeanstalt Königsfelden, Aargau,
          Schweiz

Zeit   1937 bis 1945 / 1965

Die kursiv gedruckten Stellen von Bresslers Sprechtext sind
Zitate aus Dokumenten (Gedichte, Tagebucheinträge, Briefe)
des Nachlasses Hans Günther Bressler, Archiv für
Zeitgeschichte der ETH Zürich.

Hans Günther Bressler, ca. 1935 in Deutschland

Vorspiel

Bressler

Bressler grinst ins Publikum, schliesst das schmale Büchlein, dem er zuerst noch ein Blatt entnimmt, von dem er nun vorliest.

Bressler   Nach diesen 1932 und 1934 veröffentlichten Gedichten hier noch der neuste Wurf aus meiner Dichter-Werkstadt.

Norddeutsche Legende
1937

Beim Gottesdienst im Baiernland
Ein Pastor auf der Kanzel stand.
Doch eh' die Predigt er begann,
Setzt er zu strenger Mahnung an.

Er weiss in grosser Gegenwart
Sich einzig nordisch edler Art,
Drum flugs hinaus, wer anders sei
Bei Drohung mit der Polizei!

Doch brachte dieses Machtgebot
Die Gläubigen in keine Not.
Sie sassen betend da und fromm
Und boten Gott ihr Willkomm.

Schon in der Orgel Lobchoral
Tönt der Befehl zum zweiten Mal,
Und ward, weil wieder ungeacht,

Zum letzten Male vorgebracht.

Da horch, ein feines Klipp und Klapp,
Herr Jesus steigt vom Kreuz herab,
Streckt seine steifen Glieder frei,
Geht am Altar stumm vorbei,

Führt eine Wolke voller Licht,
Verneigt sein wächsern Angesicht,
Verlässt, den Mittelgang gradaus
Das ihm verwehrte Vaterhaus,

Fragt auf der Strasse unerkannt,
Bis er die rechte Richtung fand,
Und kehrt mit seinem Heiligenschein
Am Ort der Leiden, Dachau, ein,

Und während stumpf und unverweilt
Der Pfarrer Brot und Wein verteilt,
Schwebt segnend Christi Majestät
An eines Juden Sterbebett.
    (Hans Günther Bressler, Nachlese. Gedichte
    1921 bis 1985, Privatdruck 1985, S. 90)

Bressler steckt das lose Blatt, von dem er abgelesen hat, in das Buch
zurück, schneidet eine Grimasse und wirft das Buch in eine Ecke.

Bressler   Ich schreibe und schreibe. Dichte. Sei's drum.
              Dem Himmel sei's getrommelt und gepfiffen.
              Der Traum vom Dichterleben ist endgültig
              ausgeträumt. Tempi passati. Anstatt auf dem
              Rücken des mythischen Pegasus Lorbeer-
              kränzen nachzujagen im Sinne von Heine und

Hölderlin, habe ich der Not gehorchend dem Hippokrates den Eid geschworen: Und wohin hat es mich verschlagen? Wohin? Ausgerechnet in die Psychiatrie. Psychiatrie! Ein Dasein in der Klapsmühle. Neben dieser realen Tatsache die Dichtung bloss noch nebenher. So ein wenig peu à peu. Verdammt dazu, in der mir durch politische Atrozitäten zugefallenen Rolle als Irrenarzt stur gewillt, bellissima figura zu machen.

Hans Günther Bressler
Auf seiner Bude in Königsfelden 1938

Erster Akt

Alle Darstellerinnen und Darsteller sind während des gesamten ersten Aktes auf der Bühne, treten jeweils für ihre Auftritte ins Rampenlicht. Bresslers Auftritte im ersten Akt sind stumm, ausser wenn er an der Rampe spricht.

Szene 1

Berger, Lisak, später Frey

Berger und Lisak je mit einer Kaffeetasse in der Hand. Lisak spielt an einem imaginierten Radioapparat herum, bis er auf ein Hörspiel stösst, von dem ein kurzer Ausschnitt zu hören ist.

Sally	*Tom junior ist halt noch so klein, dass er Angst vor Gespenstern hat. Sie müssen wissen, Mister Lester, in unserer Mansion gibt es Gespenster. In der Nacht, wenn es dunkel ist, knarren die Böden und dann weiss man, jetzt kommen die Gespenster.*
Garner	*lacht* Sally!
Sally	*Nein wirklich, Daddy. Und die Gespenster machen Huuuhuuuhuuu. Da hat Tom junior Angst. Deshalb findet er die Mansion wüst und weint. Miss Menderwood hat mir gesagt: Sally, – hat sie gesagt – sei doch stolz auf die Gespenster. Nicht jedes Kind wohnt in einer Mansion, in der es Gespenster hat. Seither bleibe ich die ganze Nacht wach, um einmal ein Gespenst zu fangen. Dann sperre ich es ins Badezimmer ein und zeige es Miss*

13

	Menderwood. Wetten, sie wird staunen. Und das schreiben wir dann in der Zeitung. Bisher habe ich mich noch nie getraut aufzustehen, wenn das Gespenst im Zimmer ist. Ich habe nämlich auch ein kleines bisschen Angst.
Garner	*Sally, hör auf mit diesem Blödsinn! Du wirst mir kein Wort mehr über Gespenster reden. Und nun gehe Deinen Bruder trösten.*

(Tom Garner und Jamie Lester. Porträt einer unmöglichen Freundschaft, 1980, Auszug aus der zweiten Phase: Der Neubeginn einer Freundschaft, Hörspiel von Rainer Bressler, produziert und ausgestrahlt von Radio SRF)

Kaum beginnt Berger zu sprechen, dreht Lisak den Radioapparat ab.

Berger	Dreh diesen Mist ab. Bloss weil der Chef für unser Ärzte-Esszimmer einen Radioapparat angeschafft hat, heisst es noch lange nicht, dass wir uns die Kaffeepause verderben lassen müssen. Am Morgen brauche ich meine Ruhe. Und Gespenstergeschichten haben wir ausreichend hier. In der Klapsmühle. Entschuldige, Kolleglein. Ob du es willst oder nicht, die Heil- und Pflegeanstalt ist nun mal eine Klapsmühle und wir stecken da mitten drin, Arzt oder Ärztin hin oder her. Das Kloster, wie alle Leute draussen die von ihnen verabscheute und verdrängte Klinik verbrämend nennen, ist für alle anständigen Leute draussen Sperrbezirk. Sie können ihn wegen der hohen Mauern und der verschlossenen Türen und Tore sowieso nicht

betreten. Und wir arbeiten und leben hier, mitten drin!

Frey geht vorüber, bleibt stehen, mustert Berger und Lisak. Er trägt eine grosse Umhängetasche, die prall gefüllt ist.

Frey	Entschuldigen sie. Störe ich? Ich möchte mich nicht aufdrängen, doch – .
Berger	Wer sind sie? Was wollen sie? Kommen sie rein oder gehen sie weiter.
Frey	Ich bin seit heute, dem 1. Dezember diesen Jahres, 1937, der neue Bürolist in der Verwaltung der Klinik Bin jedoch bereits am Montag, am 29. November, hier angetreten, um mich einzuarbeiten. Mein Name ist Edwin Frei. Ich habe unter anderem die auf der Verwaltung für die Klinik eingehende amtliche und auch die für Patienten und für auf dem Klinikareal wohnende Angestellte Privatpost zu verteilen. Sind sie nicht Fräulein Doktor Berger? Ich habe sie gestern und vorgestern bereits in ihrem Büro gesehen.
Berger	Tatsächlich? Wie unaufmerksam von mir. Ich hatte sie wohl nicht bemerkt gehabt. Ich hoffe sie sind mit ihrer Arbeit gut gestartet. Auf jeden Fall, gutes Einleben hier in unserer verschworenen Gemeinschaft. Übrigens, er ist Doktor Lisak. Und ich bin Doktor Berta Berger. Wie sie richtig bemerkt haben.
Frey	Ich habe einen Brief für sie, Fräulein Doktor Berger.

Frey wühlt in seiner Tasche, entnimmt ihr dann einen Brief, den er Berger überreicht. Berger nimmt den Brief entgegen, reisst den Umschlag auf und liest den Brief, während Lisak Frey beobachtet.

Durch eine ungeschickte Manipulation entleert sich versehentlich die Umhängetasche Freys und deren Inhalt ergiesst sich über den Boden. Frey kniet nieder und füllt seine Tasche wieder ordentlich ein.

Frey   Wie ungeschickt von mir. Ich bin mich an das Ding noch nicht gewöhnt. Entschuldigung, Entschuldigung, Fräulein Doktor Berger, Herr Doktor Lisak.

Lisak   Mit diesem Unding hätte auch ich meine liebe Mühe. Keine Sorge, wir fressen sie nicht, Herr Frey.

Bei einem kleinen Stapel Briefen stutzt Frey und denkt laut.

Frey   Eins, zwei, drei, vier, fünf, sechs … acht! Acht Briefe. In der Post für die Klinik, die der Briefträger von Windisch heute früh von der Post Windisch bei mir abgegeben hat, sind geschlagene acht Briefe für den Neuen. Der Neue ist noch nicht mal richtig angekommen, hat seinen Arbeitsplatz noch nicht in Beschlag genommen – und schon hagelt es Briefe, Briefe, Briefe und nochmals Briefe für ihn rein! Briefe aus Deutschland. (*er erschrickt, als er realisiert, dass er laut denkt*) Vermutlich ist der Neue Deutscher, bei dieser Flut von Briefen aus Deutschland.

Berger   Deutscher?! Dann werden wir neu einen DEUTSCHEN Kollegen haben. Das hat der Chef uns bisher wohlweislich verschwiegen. Er verkündete bloss freudig, dass die so lange Zeit vakant gebliebene Assistentenstelle nun endlich mit einem valablen jungen Doktor habe

	besetzt werden können, der sich mit grossem Interesse in die Psychiatrie einarbeiten wolle. Kein Wort davon, dass er ein Deutscher ist.
Lisak	Hast du etwas gegen Ausländer?
Berger	Ich wundere mich bloss, dass der Chef in diesen Zeiten mir nichts dir nichts ausgerechnet einen Deutschen anzustellen wagt. Wer heute die richtige Gesinnung hat, muss jedem Deutschen misstrauen.
Lisak	Könnte auch Flüchtling oder Jude sein.
Berger	(*die Zwischenbemerkung Lisaks nicht beachtend*) Und ich frage mich, wie er das bei der kantonalen Gesundheitsdirektion und bei den Ausländerbehörden in Aarau und Bern durchgebracht hat.
Lisak	Kunststück. Die meisten jungen Schweizer Ärzte sind nicht erpicht darauf, ausgerechnet in einer Irrenanstalt zu arbeiten. Daher die lange Sucherei. Vielleicht ist er, obwohl Deutscher, ein hübsches Kerlchen. Und mehr nach deinem Gusto, als ich es bin.
Berger	Indem er diesen Deutschen durchgeboxt hat, exponiert er sich bei den Behörden in Aarau. Chef, o Chef, wenn das nur gut geht.

Frey hat seine Tasche wieder gepackt. Steht auf und nickt Berger und Lisak zum Abschied zu.

| Frey | Fräulein Doktor Berger, Herr Doktor Lisak, sie wissen auch nicht zufällig, in welchem Büro der Neue, dieser Doktor Hans Günther Bressler seinen Arbeitsplatz hat. Damit ich ihm seine Briefe auf seinen Schreibtisch – . |

Berger und Lisak schütteln ihre Köpfe. Frey ab.

Szene 2

Kielholz, Bressler, Mohr, Kessi

Kielholz   Willkommen in Königsfelden, in der Heil- und Pflegeanstalt des Kantons Aargau, Herr Doktor Bressler. Wir freuen uns so sehr, dass sie sich entschlossen haben, bei uns und mit uns zusammen zu arbeiten. Doktor Peter Mohr wird ihr Oberarzt sein. Schwester Marga, Gret Kessi, ist unsere Laborantin und gleichzeitig auch mein Vorzimmerdrachen. Keine Sorge. Sie speit kein Feuer. Sie ist als meine Sekretärin die Freundlichkeit in Person. Sie hat ebenfalls, wie sie, heute angefangen, hier zu arbeiten. Ich hatte sie zeitlich etwas früher einbestellt als sie. Sie ist übrigens die Schwägerin von Doktor Mohr. Die Schwester der Frau Doktor Mohr. Kaum haben sie das Areal des ehemaligen Klosters, heute der Heil- und Pflegeanstalt Königsfelden betreten, fällt das Tor hinter ihnen ins Schloss. .Für das ärztliche Personal ist Wohnsitzpflicht auf dem Klinikareal. Haben die Ärzte Familie, wird ihnen angemessene Wohnung für sie und ihre Familie geboten. Doch nicht nur die Ärzte wohnen hier. Auch die leitenden Angestellten aus dem Pflegebereich und der Landwirtschaft. Die Scheunen und Stallungen samt Tieren der Letzteren befinden sich ja im Klinikareal. Die auf dem Areal wohnenden rund 600 Patienten und die Angestellten mit ihren Familien, inklusive Kindern sind wie eine buntgewürfelte Dorfgemeinschaft von über 800 Menschen. Hinzu kommen alle die

Mitarbeitenden, die auswärts wohnen und zur Arbeit hierher kommen. Das Klinikareal, das ehemalige Kloster, ist von hohen Mauern umgeben. Zutritt für Unberechtigte verboten. Das schweisst zusammen. Sie werden sich daran gewöhnen müssen, dass Königsfelden ihr Lebensmittelpunkt sein wird. Nicht etwa das Dörfchen Windisch oder das historische Städtchen Brugg, zwischen denen beiden unsere Klinik liegt. Sie werden bald sehen, Königsfelden ist ein sehr spezieller Ort. Ist man erst einmal hier angekommen, kann man sich dieser Besonderheit nicht mehr entziehen.

Frey tritt zögernd ein, entschuldigt sich mit Bücklingen für die Störung.

Frey	Entschuldigen sie die Störung. Ich will nicht stören.
Kielholz	Sie stören nie, Herr Frey. Herr Doktor Bressler, nun lernen sie auch den wichtigsten Mann der Klink kennen, den Bürolisten Edwin Frey. Er hat seine Arbeit vor zwei Tagen erst in der Verwaltung der Klinik angetreten. Herr Frey, das ist unser neuer Assistenzarzt, Herr Doktor Bressler.
Frey	Ihre Post, Herr Direktor. Wo, wenn ich fragen darf, ist der Arbeitsplatz von Herrn Doktor Bressler? Es sind heute bereits ein paar Briefe für sie, Herr Doktor, eingetroffen.
Kielholz	Herr Doktor Bressler wird im vorderen, teilweise durch eine Trennwand abgeschlossenen Teil des Büros von Doktor Pritzker seinen Arbeitsplatz haben.

*Bressler schert aus der Szene aus und tritt zur Rampe. Dabei
mutiert er vom charmant einnehmenden Frohnatur, die sich
anscheinend gerne feiern lässt, zu einem Grübler.*

Bressler   Da bin ich. Horrido! Psychiatrie! Zur Not,
            vorübergehend mag es stimmen. Immer nur
            lächeln. Hans Günther, reiss dich gefälligst
            zusammen. Ist es denn so schwierig, ein
            Lächeln aufzusetzen! Ich wünsche mir nichts
            sehnlicher, als dass ich meinen alten Herrn,
            Vatel, nicht enttäusche. Er stolz auf mich sein
            kann. Ich muss für ihn durchhalten. Härte
            zeigen. Unbeirrt meinen Weg gehen. Gegen
            aussen hin fröhlich gute Miene zum bösen
            Spiel machen. Dinge und Leute, die mich
            verunsichern und die mich am Dranbleiben
            stören und hindern, mir unbedingt mit
            unverbindlicher Fröhlichkeit vom Leibe halten.

.

Szene 3

Berger, Lisak

Berger   Und? Hast du bereits etwas rausgefunden?
Lisak   Ich? Rausgefunden?
Berger   Kolleglein, stell dich nicht dümmer, als du bist.
          Du hast mit ihm gesprochen. Bereits mehrmals.
Lisak   Aha! Auch du hast mehrmals mit ihm
          gesprochen. Schliesslich arbeiten wir eine
          Woche, schon über eine Woche zusammen mit
          ihm. Hast du ihn bereits vernascht?

Berger	Bloss oberflächlich. Er ist ein hübsches Kerlchen, charmant, doch bei aller Freundlichkeit so distanziert. Du, Kolleglein, als Mann hast es leichter, ihn über private Dinge auszuquetschen.
Lisak	Du bist gut. Ich kann ihn doch nicht direkt fragen, sind sie Flüchtling? Jude? Oder gar Nazi?
Berger	Wenn du ihn schon nicht zu fragen wagst, was, denkst du, ist er tatsächlich? Hat er Dinge erzählt, aus denen du schliessen kannst, weshalb er ausgerechnet hier und nicht in seinem Deutschland geblieben ist?
Lisak	Ach, Bergerin! Es gibt auch Menschen, die ganz normal hier sind. Selbst heutzutags sind nicht alle Ausländer Flüchtlinge, Juden oder Nazi. Unsere Klinik hat einen sehr guten Ruf. Anscheinend bis ins Ausland. Neulich haben wir sogar bei ihm, dem Bressler auf der Bude gesoffen, Pritzker, Bressler und ich. Was wir gesoffen haben, das geht auf keine Kuhhaut. Und der Bressler, du, er ist eine Stimmungskanone. Überhaupt keiner, der mit Herablassung den Zak Zak Deutschen gibt. Er ist ein ganz normaler – nun, das schleckt keine Geiss weg – Preusse, der hier ganz normal einer Arbeit nachgeht. Genau wie wir.
Berger	Frag ihn doch mal so nebenher, wie er aus Breslau, Berlin oder Heidelberg, oder weiss der Kuckuck woher, ausgerechnet auf Königsfelden gekommen ist.
Lisak	Er hat in der Waldau in Bern beim berühmten Psychiater Professor Klaesi, ein befristetes

Praktikum gemacht. Und jetzt ist er hier. An einer regulären Stelle. Phu, ich kann mir sehr gut vorstellen, dass er sich als patenter Kollege entpuppt, wie man sich einen nur wünschen kann. Obacht, wir müssen darauf acht, dass er nicht uns alle unter den Tisch säuft.

Szene 4

Bressler

Vermittels Pausen zwischen den einzelnen Tagebucheinträgen ist der Zeitenlauf anzudeuten.

Bressler (Tagebuch) *9. Dezember 1937. Heute habe ich freien Tag. Leider schlechtes Wetter. Früh in der Königsfeldner Klosterkirche und in der Barbara-Kapelle. Dann nach Zürich und 3 Minuten vor Drei Treff mit Doris. Nach einigen Irrfahrten Kaffee bei Huguenin. Ich im Zeltweg (Oleander) Abendbrot. Erneuter Treff, auf dem Zürichberg. Odeonbar. Bildschön.* (Tagebuch) *17. Dezember 1937. Heute,* am 17. Dezember 1937, endlich die sehnlichst erwartete *Aufenthaltsbewilligung bis zum 1. Juni 1938 erhalten.* Totale Erleichterung. Dass man sich wegen solcher Lappalien und Formalitäten beinahe aus der Fassung bringen lässt! (Tagebuch). *21. Dezember 1937. Am Abend grosse Fête bei College Pritzker von uns vier Assistenten (Fräulein Doktor Berger, Lisak, Pritzker und ich), da dieser bei ‚Nebelspalter'-Preisausschreiben eine Kiste Bier gewonnen hat. Ziemliche Sauferei* (Tagebuch) *24. Dezember*

1937. Per pedes alleine mit mir selbst Habsburg, Bad Schinznach, Höhenweg, Schloss Wildegg, Station Wildegg. Schokolade und Kuchen. Per Bahn zurück nach Brugg. Einsame Weihnacht. Am Abend um Viertel vor Vier zurück. Ziemlich triste. (Tagebuch) *28. Dezember 1937. Ich wiege 63,7 Kilo.* (Tagebuch) *30. Dezember 1937. Abends nach Zürich, im Theater gelandet bei ‚Napoleon der Erste von Ferdinand Bruckner. Aber trotz guter Aufführung das Stück selbst sehr mässig. Dann auf Bahn, Eltern überraschend abholen, die mit dem ursprünglich um 11 Uhr 33 erwarteten Zug mit einer ein Viertel-stündigen Verspätung aus Deutschland in Zürich eintreffen. 11 Uhr 55 weiter gemeinsam nach Brugg. Erstes Wiedersehen nach über 8 Monaten. Sehr glücklich.* (Tagebuch) *1. Januar 1938. Wie gesagt, bis halb ein Uhr bei den Eltern im Hotel Füchslin, dann heim und um sieben Uhr zwanzig aus den Federn. Visite, Apotheke, Rapport. In der Mittagspause und danach gleichfalls bei den Eltern im Hotel und beim Kaffee in der Confiserie Wüthrich. Vatel kommt zu meiner Abend-Visite mit, bei der ich, abgesehen davon, grosse Freude an meinen derzeitigen 3 Cardiazol-Kuren habe. Mottl wartet inzwischen oben auf meiner Bude. Am Abend bis gegen 12 Uhr gleichfalls bei den Eltern, die morgen früh abfahren wollen, nach Santa Margherita di Liguria. Sei getreu bis in den Tod, so will ich dir die Krone des Lebens geben. 1926 mein Konfirmationsspruch.* Die Eltern trudeln gut erholt nach ihrem Ligurienaufenthalt auf ihrer Rückreise nochmals für drei Tage hier ein. (Tagebuch) *6. Februar 1938. Nach dem Rapport kommen Eltern zur Anstalt, wo Vatel noch beim Chef unter 4*

*Augen. Dann zum Füchslin, wo ich gemeinsam mit
den lieben Eltern mittagbrote. Um 14 Uhr 10 fahren
sich ab nach Stuttgart, wo sie auf ihrer Rückreise
nach Deutschland das erste Mal übernachten
werden.*

Szene 5

Frey, Kessi

Frey

S' Müetti schrieb mir eine Postkarte. Ich dachte, jetzt gibt es schwarzen Schnee. Dass s' Müetti mir schreibt. Sie schreibt, der Ätti habe etwas ganz Wichtiges mit mir zu besprechen. Ich müsse am Sonntag zum Mittagessen nachhause nach Teufenthal zu Besuch kommen. Es gebe Hackbraten, Härdöpfelstock und Rüebli. Ich hoffe inständig, dass es am Sonntag nicht Katzen hagelt oder gar schneit. Das Wetter trocken bleibt. Ich habe noch keine Regenpelerine fürs Velofahren. Ich habe Glück. Am Sonntag scheint die Sonne. Die Fahrt dauert zwei Stunden. Just aufs Mittagessen schaffe ich's nachhause nach Teufenthal. Dr' Ätti ist erstaunt, dass ich plötzlich da bin. Er weiss nicht, was er Dringendes mit mir zu besprechen haben soll. S' Müetti jedoch erklärt mir, sie habe eine Überraschung für mich. Strahlend erzählt sie, dass auf der Gemeindekanzlei Unterkulm die Stelle eines Bürolisten, eines Gehilfen des Gemeindeschreibers, neu zu besetzen ist. Als sie sich schüchtern erkundigt habe, ob ich, ihr Edi, allenfalls eine Chance hätte, diese Stelle zu bekommen, habe der Gemeindeschreiber ihr höchst erfreut geantwortet, euer Edi wäre die ideale Besetzung! Da staunst du, wie, sagt s' Müetti und sieht mich dabei durchdringend an. Jetzt hast du endlich eine gute Stelle. Auf den 1. Februar. Was sagst du nun! Ich bin total ratlos, wie ich dem Müetti klar machen kann, dass ich nicht im Geringsten daran denke, meine gute Stelle in Königsfelden aufzugeben. Keine zehn Pferde bringen mich von da weg. Nun fährt s' Müetti in total weinerlichem Ton fort. Ich sehe schon, unser nobler Herr Sohn hat ganz anderes im Kopf und eine Stelle auf der Gemeindekanzlei Unterkulm ist ihm zu wenig. Bub, Bub, denkst du überhaupt nicht an deine armen Eltern! Komm, Ätti, sag auch etwas. Dass du im Kloster arbeitest. In der Irrenanstalt! Ich schäme mich so, es den Leuten zu erzählen, wenn sie mich mit Fragen löchern, was unser Ältester denn mache, he. Ausgerechnet im Kloster! Jeder anständige Mensch muss einen weiten Bogen um s' Kloster machen. Sonst wird er selber noch verrückt. Bub, Bub, du ahnst nicht, welche Sorgen du uns machst. Im Kloster! Komm mir bloss nicht damit, dass du kantonaler Beamter bist. Der kantonale Beamte putzt die Irrenanstalt nicht weg. So eine Schande! Wie kannst du uns das bloss antun, dem Ätti und mir. Nicht wahr, Ätti? Sag auch mal was! – Sie macht ein solches

Geschrei darum, dass ich ausgerechnet im Kloster arbeite. Was für eine Schande es für die Familie bedeute. Dabei müsste sie nur ihre Klappe halten, dann würde sich niemand darum kümmern, wo ich arbeite.

Kessi   Sie wird sich daran gewöhnen.

Frey   Das bezweifle ich.

Kessi   Auch der Hinterste und Letzte der Hinterwäldler aller hiesigen Provinzen wird noch begreifen, welche Ehre es ist, in diesem prachtvollen Gebäude zu arbeiten, für dessen Architekturwettbewerb in den 1860-er Jahren sogar Semper, der berühmte Semper ein Projekt eingereicht hat. Das dann zwar nicht den ersten Preis im Architekturwettbewerb gemacht hat. Kein Projekt des Wettbewerbs war damals meines Wissens ausgeführt worden. Doch es geht die Mär, dass Baumeister Rothpletz aus Aarau in eigener Regie den Bau erstellt haben soll, in naher Anlehnung an das Semper-Projekt. Die Leute werden uns beneiden, dass wir hier arbeiten dürfen!

Frey   Bloss mein Pech, ich arbeite nicht im prachtvollen Hauptgebäude wie du. Mein Büro liegt im Verwaltungsgebäude. – Hast du mitbekommen, wie die dicke Berta und der Lisak noch immer, auch nach mehreren Wochen, gegen Bressler stänkern. Und kein gutes Haar an ihm lassen. Ihnen passt nicht, dass er Deutscher ist. Vorne herum feiern sie mit ihm, doch hinten herum da stänkern sie. Dabei ist Bressler total in Ordnung. Als seine Eltern ihn kurz vor Neujahr besucht haben, ein paar Tage im Hotel Füchslin wohnten, bevor sie nach Ligurien reisten, hat Bressler sie durch den Park und die Klinik geführt. Da bin ich ihnen im Park zufällig begegnet. Bressler hat sie mir sogar vorgestellt. Seine Mutter hat dann eben gesagt, dass sie auf der Durchreise nach Ligurien sind, weil dort das Klima auch im Winter viel milder sei. So feine Leute, noble Herrschaften.

Kessi   Das hat auch der Chef gesagt. Bressler hat sie dem Chef vorgestellt. Der Chef war total begeistert. So kultivierte und sympathische Leute.

Frey   Ich begreife nicht, wie man etwas gegen Bressler haben kann. Er ist total nett. Er bekommt doch so viele Briefe aus der ganzen Welt. Ich habe all meinen Mut zusammengenommen und ihn, den Herrn Doktor, gefragt, ob er allenfalls bereit ist, wenn er so tolle Briefmarken von überall her bekommt, und meist mehrfach, auf den unzähligen Briefen, ob er bereit ist, seine Doppel mit mir zu tauschen. Gegen Schweizer Pro Patria, Pro Juventute und Wilhelm Tell-Marken, die ich sammle und mehrfach besitze. Spontan war er bereit gewesen. Und dabei so überaus freundlich und lustig. Hat mit mir gesprochen, wie wenn ich seinesgleichen wäre.

Kessi   Er hat eben Klasse.

Frey   Nennt mich Bürolist Frey. Dass er so locker auf alle Leute zugeht, wird es sein, was die dicke Berta und den Lisak ärgert.

Szene 6

Bressler

An der Rampe

Bressler   (Tagebuch) *8. Januar 1938. Ich treffe mich mittags
              um Drei mit Doris in Zürich, in der Old India am
              Bahnhof trinken wir Kaffee. Leider keine rechten
              Spaziergangs-möglichkeiten   da   Regen.   Dann
              Abendessen in der Börse und zum Tanz bei Wein in
              der Odeonbar. In Unfrieden geschieden. Warum?
              Verlange ich zu viel? Spielt sie mit mir? Ich weiss
              es nicht. So war es jetzt schon öfter. Soll ich mit ihre
              brechen, soll ich nicht?* (Tagebuch)   *17. Januar
              1938. Seit gestern früh wird zeitiger (7 Uhr)
              aufgestanden und 10 Minuten geturnt, besonders
              Kniebeugen   und   Liegestütze.   Sonst   all   well.*
              (Tagebuch) *22. Januar 1938. Am Abend mit
              Maschine den zweiten Teil meiner leider noch
              unveröffentlichten   Gedichtsammlung   ,Ein
              Glaubensbekenntnis', mit Referenz zu Ferdinand
              Freiligraths gleichnamiger Gedichtsammlung aus
              dem Vormärzjahr 1844, für Chef zum 17. Februar,
              seinem   Dienstjubiläum,   als   Geschenk   und
              Kostprobe   meines   dichterischen   Schaffens
              abgeschrieben.*

Szene 7

28

Alle

Bressler deklamiert fröhlich und mit Schwung ein Gedicht mit Blick auf den strahlenden Kielholz inmitten von allen.

Bressler *Zum 25.jährigen Dienstjubiläum des Herrn Direktor Dr. Kielholz, 17. Februar 1938*

Das letzte Gut des Menschen ist der Geist:
Idee, die uns vom Tiere unterscheidet,
Uns aufwärts reisst, doch manchmal, wenn verwaist,
In seiner irren Krankheit schrecklich leidet.

Ihn heilt und pflegt hier 25 Jahr
Der Chef, den wir in dieser Feier ehren.
Gott möge dem verehrten Jubilar
Noch eine lange Schaffenszeit bescheren.

An diesem Ort, an ganz besonderem Ort;
Voll tiefer Ehrfurcht muss man sein gedenken.
Er birgt Jahrtausende in einem fort,
Nie müde, uns Erinnerung zu schenken.

Hier horstete der stolze Römeraar,
Augustus hiess auch dieser Stätte Vater.
Gesittung lernte staunend der Barbar
In Lager, Badhaus, Amphitheater.

Roms Erbe war ein Deutsches Kaisertum
Und trat in seine angestammte Rechte,
Keimzelle Habsburg träumt von altem Ruhm,
Da noch die freien Bauern ihre Knechte.

Wie eben hier durch Johann Parricid
Herr Albrecht starb, lasst uns die Chronik melden:
Denn wo der König ungeölt verschied,
Erstand das alte Kloster Königsfelden.

Hier wirkten Agnes und Elisabeth,
Vom Tand der Welt schied sie ein golden Gitter.
Um ihrer Fürsten Totenkabinett
Ruht treu ein Kranz erschlagner Sempachritter.

(Es flieht die Zeit, nichts hindert sie daran
Als Überlieferung, die ich umfahre,
Des Preussenkönigs Leibarzt Zimmermann
Und Pestalozzi lebten uns ganz nahe.)

„In der Kapelle Wölbung" trat herein
Und huldigte den obgenannten Paten,
Bezaubert durch den schicksalsschweren Stein,
Der Lyrik Meister August Graf von Platen.

Das Gotteshaus ward längst zum Irrenhaus …
Da ruhte noch ein andrer Mann der Leier
Von seiner edlen Arbeit bei uns aus.
Des Landes greiser Heros C.F.Meyer.

Auf „B", wo er ein Jahr lang ass und schlief,
Diktiert' dem Pfleger manchmal er Gedichte.
Und blieb zurück, geborgen im Archiv,
Des Kranken angegilbte Leidgeschichte.

Noch mehr? Genug. Die Stätte ist geweiht!
Was soll ich noch vom Jubilar erzählen?

Denn sicher ist zu hoher Tat bereit,
Wer diesen Platz als Lebenswerk darf wählen.

So wünsch ihm fernhin frohe Schaffenskraft
Auf einem Weg, von Glück und Stern beschienen,
Der Anstalt junge Assistentenschaft,
Die unter ihm am alten Werk darf dienen!
        (Hans Günther Bressler, Nachlese. Gedichte
        1921 bis 1985, Privatdruck 1985, S.84 ff.)

Applaus aller.

Kielholz   Herr Collega Bressler, ich bin gerührt. Noch
              nicht einmal drei Monate hier und sind bereits
              ein wandelndes Lexikon über unsern
              Wirkungsort. Sie sind tatsächlich hier
              angekommen. Besonders gerührt bin ich auch,
              dass sie mir eine Abschrift ihrer neusten
              Gedichtsammlung „Ein Glaubensbekenntnis"
              verehrt haben. So total beeindruckend, wie sie
              die Freiheitsbestrebungen des deutschen
              Vormärz-Dichters Ferdinand Freiligrath darin
              aufnehmen und mit dem Titel ihm die Referenz
              erweisen. Ihre verehrten Eltern, die
              kennenzulernen ich anlässlich deren Besuchs
              hier um die Jahreswende die Ehre hatte,
              können stolz auf ihren Sohn sein, der nicht nur
              seinen Mann als Arzt stellt, aber auch
              dichterisch tätig ist!
Berger   (*flüsternd zu Lisak*) Sag mal, kaum angekommen
              mutiert unser Zak-Zak-Preusse bereits zum
              Liebling des Chefs.

Lisak	Nicht bloss das, auch zum Liebling der holden Weiblichkeit. Wenn du Chancen haben willst, nix wie los und ran wie Blücher!
Berger	Er ist ja ein hübsches Kerlchen. Weisst du konkret, mit welcher er rummacht.
Lisak	Mit welchen, Mehrzahl! Nein, nein, alle machen ihm schöne Augen, weil er so charmant ist. Ich vermute, er ist zu korrekt, um im Königsfeldner Gärtchen zu grasen. Wenn ich's richtig mitbekommen habe, hat er eine in Zürich. Pilgert doch ständig nach Zürich an seinen freien Tagen.

Bressler, vom charmant einnehmenden Lebenskünstler zu einem Grübler mutierend, schert aus der Szene aus und tritt an die Rampe.

Bressler	Phhhuuuu! Gehab dich nicht so, Bressler! Die Leute sind okay, total okay. Und du scheinst bei ihnen anzukommen. (Tagebuch) *19. Februar 1938. Zürich. Mit Doris zum Annahof und auf Üetliberg. Oben Kaffee. Schnee. Eine ganze Klasse Skiläufer, aber gar nicht so günstig. Wetter solange Sonne blendend warm, mässig gute Aussicht. Oben Entschluss für Badenfahrt. 20 Minuten vom Üetli zum Tram nach Zeltweg und zur Bahn. In Baden 2 Zimmer im Parkhotel. Abendessen gegessen. Dann bei Doris. Am Morgen noch am Bahnhof mit Doris Kaffee.*

Szene 8

Lisak	Ich hab ihn gesehn.
Berger	Wen hast du gesehn?
Lisak	Na, wen schon!
Berger	Ach! Kolleglein, stehst du seit Neustem auf Männer, dass du ihn nicht aus den Augen lassen kannst?!
Lisak	Bergerin, das will ich nicht gehört haben. Was für eine atroze Unterstellung! Ich richte mein Augenmerk bloss auf ihn, um für dich zu eruieren, ob du ihn dir endlich krallen kannst. Es, das hübsche Kerlchen. Deine Worte.
Berger	Als ob ich hübsche Kerlchen wollte. Und erst noch deutsche! Was ich brauche, ist ein richtiger Mann, ein wilder Kerl. Der nicht bloss schön tut. Doch was in der Hose hat.
Lisak	Im Ernst, Bergerin. Er beginnt mir echt gut zu gefallen. Nicht so, wie du meinst. Bloss als Arbeitskollege.
Berger	Klar. Er ist schon okay.
Lisak	Nicht bloss okay. Er ist sogar Spitze. Dass er gerne forensische Gutachten schreibt. Sich sogar freiwillig meldet. Weisst du wie toll. Müssen wir kaum mehr Gutachten schreiben. Es lebe der Streber Bressler.
Berger	Mmmm.
Lisak	Was hast du jetzt schon wieder.
Berger	Dass der Chef ihm bereits nach so kurzer Einarbeitungszeit eine Begutachtung anvertraut hat. Dass der Gerichtspräsident sich vor Lob überstürzt und gesagt haben soll, ein so gutes und präzises Gutachten habe er noch

kaum je gelesen, und dass der Chef nun mächtig stolz auf seinen Betrieb ist und sich damit brüstet, einen begnadeten Gutachter unter seinen Leuten zu haben. Checkst du nicht, Kolleglein, Bressler sticht uns alle aus. Bald werden wir hier nichts mehr zu melden haben. Der Chef wird nur noch auf ihn, den ach so klugen Bressler hören. Dass er sich ausgerechnet noch mit seiner Mispoke beim Chef einschleimen musste. Und der Chef darauf reinfällt. Zumindest wie es den Anschein macht.

Lisak   Du, er ist auch – . Wenn er rum ist, ist immer was los. In seiner Gesellschaft kann gelacht werden. Er ist immer zum Feiern aufgelegt. Und dabei so fröhlich.

Berger   Und wo bleiben wir?

Lisak   Du kannst dich nicht beschweren. Selbst mit dir, Bergerin, hat er geschäkert, als wir vorgestern die Korken knallen liessen. – Interessiert dich überhaupt nicht, wo ich ihn gesehen habe?

Berger   Im Puff?

Lisak   In Baden. Nach der Arbeit. Ich hatte nicht bemerkt, dass wir im gleichen Zug nach Feierabend von Brugg nach Baden gefahren sind. Erst beim Aussteigen in Baden, dachte ich spontan, der, der da vor mir geht, denn kennst du doch. Richtig. Unverkennbar Bressler. Sogar von hinten. Ich verlangsamte meinen Schritt. Ich wollte ihn nicht unbedingt ansprechen. Doch wir haben ja den gleichen Weg und daher folge ich ihm zwangsläufig. Doch halt, anstatt dass er in der Unterführung Richtung Ausgang geht, dreht er gleich ab und geht die Treppe rauf zu Bahnsteig 3. Wo, mein Scharfsinn, wenige Minuten später ein Zug von Zürich ankommt. Ich folge ihm unauffällig, Gehe in Deckung hinter den grossen Anzeige- und Reklametafeln bei den Sitzbänken. Der Zug aus Zürich kommt an. Und ich sehe wie ….

Berger	Privatdetektiv und Spion Lisak!
Lisak	… sehe wie Bressler mit ausgebreiteten Armen auf eine hübsche junge Dame losstürzt, die aus dem Zug aus Zürich ausgestiegen ist. Zur Begrüssung küssen sie sich. Du hättest diesen Kuss sehen sollen. Also – . Nun beginnt die Sache mich erst recht zu interessieren. Ich fragte mich nämlich ob Bresslers Verlobte, diese besagte Uschi aus Breslau, von der er immer erzählt und deren Bild, das in seiner Bude über seinem Schreibtisch hängt, er mir einmal gezeigt hat, aus Breslau zu Besuch gekommen ist. Unbemerkt kann ich ihnen auf den Fersen folgen. Schnappe auch auf, dass die schöne Unbekannte Schweizerdeutsch spricht. Und er sie als Doris anspricht.
Berger	Die hervorragende Eigenschaft eines Weiberhelden ist, dass er es Don Juan-mässig schafft, unzähligen Frauen gleichzeitig die Treue zu halten. Das Vermeiden von Kollisionen bedingt eine strategische Meisterleistung.
Lisak	Sie steuern auf das Parkhotel zu. Und dann, du wirst es kaum glauben, nicht etwa zum Eingang ins Restaurant. Nein. Zum

	Hoteleingang. Ich bin auf der Lauer in Deckung auf der gegenüberliegenden Strassenseite. Nach einer Weile – bestimmt Zimmerbezug – sehe ich deutlich, sie Beide lachend und beschwingt in inniger Umarmung zum Hotelrestaurant gehen und dort bestimmt futtern. Und, das habe ich genau beobachtet, am nächsten Morgen erscheint Bressler nicht aus seiner Bude zur Arbeit, aber vom Bahnhof her. Hat man da noch Worte.
Berger	Nimm dir ein Beispiel an ihm, Kolleglein. Er ist wohl immer so gut drauf, weil er nach Lust und Laune vögelt.

Szene 9

Bressler, Pritzker, später Lisak

Bressler und Pritzker spielen Schach in Pritzkers Bude.

Pritzker	So und so und so. Schachmatt!
Bressler	Revanche! Oder stinkt es dir, mit mir unbedarftem Spieler weiter zu spielen? Ich wundere mich sowieso, dass auch du dich bei unserem Spiel zu vergnügen scheinst. Von zuhause her bin ich mich so raffiniertes und überlegtes Spiel nicht gewohnt. Mir fehlt die Fertigkeit, Strategien zu entwickeln und mir eine Folge weiterer Züge vorzustellen. Irgendwie klebe ich am Momentanen fest.

Pritzker	Keine Sorge, selbst du wirst es lernen. Hilfe, uns geht der Treibstoff aus!
Bressler	Hier. Wir sitzen noch lange nicht auf dem Trockenen. Ich habe genügend Flaschen mitgebracht, wenn ich dich schon überfalle auf deiner Bude.
Pritzker	Von Überfall kann keine Rede sein.
Bressler	Ein Glück, dass Lisak etwas anderes vorhatte und nicht kommen konnte. Ich geniesse es immer, mit dir alleine zusammen zu sein. Und eine oder mehrere Partien Schach zu spielen. Obwohl die Saufereien zusammen mit den anderen auch gemütlich sind.
Pritzker	Da wir unter uns sind und es um Schach geht, brauche ich mit Kritik nicht zurückzuhalten. Bressler, beim Schach, wo Konzentration angesagt ist, bist du zu wenig fokussiert.
Bressler	Weil mir zu Vieles durch den Kopf geht. Das ich nicht abstellen kann. Da fällt mir ein, wo wir unter uns sind und ich dich auch Persönliches fragen kann – . Ich hoffe, es stört dich nicht, wenn ich – .
Pritzker	Schiess schon los.
Bressler	Ich bewundere dich für deine Energie. Neben der normalen Arbeit in der Klinik noch deine wissenschaftliche Arbeit. Diese Untersuchung von Männern, die sich freiwillig als Henker für die bevorstehende Exekution beworben haben. Die endlosen Gespräche, die du mit unzähligen Männern führst.
Pritzker	Ja, ja, über einhundert Gespräche, über einhundert Reisen zu Männern, die sich gemeldet haben. – Komm schon zur Sache.

	Deine Bewunderung wird nicht das sein, was du mit mir besprechen möchtest.
Bressler	Also, es ist so, ich bin rein zufällig auf einen Emigranten aus Deutschland im letzten Jahrhundert gestossen, der es in der Politik hier, nach seiner Einbürgerung, zu etwas gebracht hat, aber als Sonderling und Spinner galt. Nun reizt es mich, ihn pathographisch zu durchleuchten, aus psychiatrischer Sicht. Selbstverständlich mit dem Gedanken im Hinterkopf, allenfalls die Arbeit später einmal zu veröffentlichen.
Pritzker	Klingt spannend. Wie heisst der Typ.
Bressler	August Adolf Ludwig Follen, auch Follenius genannt. 1794 in Giessen, Hessen, geboren, 1855 in Bern gestorben. Er war in Deutschland verfolgt, sass zwei Jahre im Gefängnis, wurde aus Gesundheitsgründen 1821 entlassen, floh in die Schweiz, um sich einer drohenden Festungshaft zu entziehen, unterrichtete von 1822 bis 1827 Literaturgeschichte an der Kantonsschule Aarau. Zog dann nach Zürich, wurde eingebürgert und sass von 1832 bis 1836 im Zürcher Grossen Rat. Sein Haus war offen für deutsche Flüchtlinge und er förderte junge Dichter, so auch Gottfried Keller.
Pritzker	Was Wunder, dass diese Biografie dich elektrisiert. Er und du, beide aus Deutschland, beide hier.
Bressler	Ich beleuchte seine Biografie rein aus psychiatrischer Sicht.
Pritzker	Doch gewisse Parallelen könnten allenfalls nicht von der Hand zu – .

Bressler	Du kennst dich hier besser aus, hast mehr Erfahrung. Kann man aufs Geratewohl eine fachliche Untersuchung zum Beispiel an die Schweizerische Medizinische Wochenschrift –.
Pritzker	Wer nichts wagt, gewinnt nichts. Hauptsache, du bist beseelt von einem Thema. Dann musst du dich da hinein stürzen. Ich merkte gleich, als wir uns zum ersten Mal begegnet sind, du hast etwas auf der Platte. Bist nicht einer von diesen uninspirierten Schleimsiedern, die hier ihre Arbeitszeit abhocken, ihren gewohnten Trott gehen und sich in den lieben Gewohnheiten einlullen. Man braucht Ideen, Irritationen, die einem den Tritt versetzen und einen vorwärts stolpern lassen, bis man sich auffängt und sich Klarheit verschafft. Mich hat die öffentliche Kontroverse um den zum Tode Verurteilten Dreifachmörder, der sich nicht zu lebenslänglichem Zuchthaus begnadigen lassen will und um die Todesstrafe aufgerüttelt und ich habe mich total gewundert, dass sich unzählige Schweizer, ohne dass die Aufgabe ausgeschrieben worden war, freiwillig gemeldet hatten, den Todeskandidaten durch die Guillotine zum Tode zu befördern. Der alltägliche Sadismus führt zu einer Verrohung der Gesellschaft. Ein furchterregendes Beispiel dafür ist dein geliebtes Vaterland Deutschland. Wenn dich eben ein Thema packt, dann startest du etwas, das hochtrabend eine private wissenschaftliche Untersuchung genannt werden kann. Ob etwas dabei rauskommt und was dabei rauskommt, steht in den Sternen

geschrieben. Ich habe den Chef informiert. Er findet die Sache gut und unterstützt mich, wo er kann. Als Titel der Untersuchung sehe ich ‚Henker. Zur Psychologie der Tötung und der strafenden Gesellschaft'. Das ist mein Beitrag gegen die Todesstrafe. Ich bin also nicht weiter als du. Ausser dass ich den Chef über meine private Untersuchung informiert und nun seine Unterstützung habe.

Bressler   Die Verrohung der Sitten erleben wir hier und dort und überall.

Pritzker   Was für Deutschland zutreffen mag, präsentiert sich hier anders. Die Basis hier ist das zivile Strafrecht unter der Regie der Kantone, das in verschiedenen Kantonen noch die Todesstrafe vorsieht – ein Skandal! Die bevorstehende Exekution ist ein beredtes Beispiel dafür, dass es immer Menschen gibt, die bereit sind Gewalt auszuüben, wenn sie gemäss einem längst überholten Gesetz erlaubt oder gar gefördert ist. Auch dein Flüchtling war staatlicher Gewalt ausgesetzt. Doch was im Moment in Deutschland abgeht, ist unerhört. Hat das dich hierher getrieben?

Bressler   Das kann man nicht so sagen. Beruflich bedingt erwies sich eine Zeit hier als angezeigt. – Du findest also, ich soll baldmöglichst den Chef über mein Vorhaben informieren. Kann ich, wenn aus meiner Arbeit über Follen etwas wird, sie ungeniert an die Schweizerische Medizinische Wochenschrift zur Veröffentlichung anbieten?

Pritzker   Bressler, Bressler. Ein rhetorische Frage, oder?

Es klopft an die Türe und Lisak erscheint, bewaffnet mit zwei Flaschen Wein.

Lisak   Ich hoffe, ich störe nicht. Meine Verabredung hat weniger lange gedauert, als ich gedacht hatte. Nun wollte ich rasch schauen, ob ihr allenfalls noch – .

Pritzker   Hereinspaziert! Du störst überhaupt nicht. Sonst hätte ich Bressler nochmals in einer Schachpartie besiegen müssen. Du siehst ja, wie verdattert er ist. Er weiss schon überhaupt nicht mehr, was sagen. So kennt man unseren Charmeur vom Dienst doch nicht.

Szene 10

Bressler

Bressler   (*mit finsterer Miene in Briefen lesend*) Korrespondenz, Korrespondenz, Korrespondenz. (*lachend*) Motel schreibt AM 2. Juli 1938: *Soeben habe ich Vatel ein Bad bereitet und nachher stürze ich mich ebenfalls in die Wellen unserer ziemlich kleinen Badewanne.* Allerliebst. *Wie denkst Du über dein Rad? Solltest Du es haben wollen, würden wir einmal mit dem Spediteur darüber sprechen.* Guter Vorschlag. Mit dem Rad komme ich besser in der Gegend herumUnd bereits am 9. Juli 1938 schreibt sie:. *Wir waren gestern früh bereits beim Spediteur wegen Deines Rades. Er wollt es auch holen lassen,*

41

doch ist es bisher noch nicht geschehen. Hoffentlich
wird es nun Montag geholt, dann dauert es auch
noch 8 bis 10 Tage, bis Du es hast. Wir hätten es
Dir vorher gern in Ordnung bringen lassen, da es
doch lange nicht genutzt worden ist, aber es ist
nicht möglich. Heute Nachmittag waren wir drei
wieder einmal seit langer Zeit im Kino und zwar im
Roxy „Kürassiere, die Kerle der Krone" wurde
gegeben; sehr interessant … Und am 12. Juli 1938:
Also, lieber Bub, hoffentlich trifft das Velo nächste
Woche gut bei Dir ein; ich habe es noch von
Irmchen aufpumpen lassen. (Tagebuch) *21. Juli*
1938. Nichts von höherer Bedeutung. Velo
angekommen. Ziemlich ramponiert. Mittags baden.
Zusammen mit Pritzker. (Tagebuch) *15. Februar*
1939. Am Abend bis Zehn mit Vize-Oberpfleger
Baumann und Pfleger Briner Jass gelernt.
(Tagebuch) *17. Februar 1939. Beim Bürolisten*
Frey weiter jassen gelernt. (Tagebuch) *6. Juni*
1939. Von Abends 7 ‑ . 9 h schöne, 39 Km lange
Velotour mit Bürolist Frey: Königsfelden ‑ Hausen
‑ Mellingen (wunderschönes mittelalterliches
Städtchen malerisch an der Reuss gelegen) ‑
Fislisbach ‑ Baden ‑ Gebensdorf ‑ heim.

Szene 11

Berger, Lisak

Lisak   Ach, ja, Bergerin, nachdem du in die Ferien
           verreist bist, hat – .
Berger   Aber kurz bitte …

Lisak	Ich hatte mich krummgelacht. Der Mattenberger hat dem Bressler ein total zerfetztes Paket überbracht. Ein riesiges Paket. Rate mal, was drin war! Sein Fahrrad, das die Eltern ihm aus Deutschland schickten. Zufällig habe ich dann gesehen, obwohl er das Rad sogfältig versteckt hat, dass es arg beschädigt und zerdeppert ist. Vor allen anderen wollte ich ihn nicht auf das arg beschädigte Fahrrad ansprechen. Als ich ihn zur Seite nahm und diskret darauf ansprach, hat er behauptet nicht zu wissen, wovon ich spreche. Dann zuckte er mit den Schultern. Das Paket mit dem Velo sei wohl unterwegs beschädigt worden. So kaputt geht doch unterwegs kein so gut verpacktes Paket! Ausser es wird bewusst und willentlich so beschädigt und zugerichtet. Ich werde aus Bressler sowieso nicht schlau. In Gesellschaft ist er total gesellig. Doch unter vier Augen kommt man nicht an ihn ran. Da ist er sogar abweisend. Als ob er nichts mit einem zu tun haben möchte.
Berger	Er ist ein Star, der eine Bühne braucht, um seine Show abzuziehen und danach von der Bühne geht, spurlos verschwindet, mit dem gemeinen Volk, das ihm applaudiert, nichts zu tun haben möchte. Eine Diva eben. Er glaubt, etwas Besonderes zu sein. Bloss dann und wann gnädige Herablassung zelebriert, indem er dann und wann zwei, drei Worte mit uns gewöhnlich Sterblichen zelebriert.
Lisak	Ist er nicht etwas für dich, Bergerin?

Berger	Behüte mich vor dem Hühnervogel! Ich habe schon so genug Verehrer, die unbedingt etwas von mir möchten und deren ich mich erwehren muss.
Lisak	Bloss seltsam, Bressler scheint mit Pflegern und dem Bürolisten zu verkehren. Ausgerechnet mit Pflegern und dem Bürolisten.
Berger	Weil sie dem Herrn Doktor unbedingt zeigen wollen, dass sie höchst anständig sind und keine dummen und unbequemen Fragen stellen, selbst wenn sie ihnen auf der Zunge liegen. Und sie fühlen sich erst noch gebauchpinselt, dass der Herr Doktor sich herablässt und –.
Lisak	Und mit Pritzker verkehrt er. Doch das ist verständlich. Sie teilen das Büro. Da kommt man sich eben schon näher.
Berger	Und Pritzker ist auch so ein versponnener Kautz und Eigenbrötler. Genau wie Bressler. Da haben sich die beiden Richtigen gefunden.
Lisak	Beide sind gewissermassen Streber.
Berger	Ehrgeizlinge. Geraten gleich aus der Fassung, sobald man ihnen ein wenig auf den Zahn fühlt. Als ich Bressler neulich fragte, weshalb er als Hurra-Deutscher nicht heim ins Reich zurückkehre, sieht er mich mit bösestem Blick an, kriegt sofort eine hochrote Birne und wirft mir explodierend an den Kopf, was fällt dir ein, Kollegin, mir eine so unverschämte und intime Frage zu stellen. Kaum ist es draussen, setzt er wieder seine schmierig freundliche Miene auf und entschuldigt sich für seine heftige Reaktion. Er sei noch total versunken in seine

	Arbeit an dem Gutachten, das ihm so zu schaffen mache. Dabei schüttelt er die Gutachten, wie wir wissen, geradezu aus dem Ärmel.
Lisak	Da lobe ich mir unsere Gelassenheit.

Szene 12

Bressler

Bressler	(Tagebuch) *2. Mai 1938. Nachmittags teilt mir der Chef meine Verlängerung bis 31. Mai 1939 mit. Brief und Freudenbotschaft an Eltern.* Gnadenfrist von einem Jahr. Bitter notwendig, wenn ich keine Menschenseele finde, die mir ein Affidavit gibt, dass ich nach USA weiterreisen kann. Onkel Fritz in Los Angelesen nicht. Tante Trude in St. Louis nicht. Niemand. Und die Bewerbungen in Krankenhäusern in Venezuela, trotz hoffnungsvoller Ausschreibungen, für die Katz. Ebenso wie meine Bewerbung bei Doktor Schweizer in Lambarene oder die für einen Einsatz in Afrika für die Basler Mission. Die Behörden hier fordern mich immer auf, gefälligst die Schweiz zu verlassen. Der Chef will mich beruhigen, er setze sich für mich ein. Es ist zum Verzweifeln. Und zuhause wird die Schraube angezogen. Und ich bin hier, kann Mottl und Vatel nicht helfen. Alle Verwandten, die das Glück hatten, es zu schaffen, sind aus Deutschland

abgehauen, verstreut nun auf der ganzen Welt: England, Kanada, USA, Australien, Argentinien, Venezuela und und und. (Tagebuch) *6. Juni 1938. Früh am Römertor gesessen und im Bleuler gelesen. Mittag zeitig nach Zürich. Treff mit Doris per Dampfer nach Küsnacht-Dorf ins Strandbad. Ich kann nur leider wegen starker Erkältung nicht ins Wasser. Dann wieder per Schiff, jetzt sogar 1. Klasse, retour. Doris erzählt mir, dass – sie sich verlobt hat, mit einem Ingenieur in Buenos Aires. Ich dann noch zu Abend im Quick und heim. Sehr müde und abgebrannt.*Ich wird' verrückt. Uschi hat es geschafft, für zwei Tage in die Schweiz, nach Zürich zu kommen! (Tagebuch) *7. August 1938. Verlobung mit Uschi auf der Ufenau.* (Tagebuch*) 16. September 1938. Treff mit Doris um Vier, die eine halbe Stunde verspätet erscheint, von wegen weil sie beim Coiffeur war. Mit ihr gegenüber im Annahof geabendbrotet und nett gesessen .Ihr, nicht ohne geringe Schadenfreude, meine Verlobung mit Uschi gebeichtet, zum Dancing in der Johnny-Bar.* Vatel schreibt am 28. September 1938: *Ich hoffe aber, dass Du nunmehr in absehbarer Zeit zu Deiner Briefmarkensammlung gelangen wirst. Vorgestern erhielt ich vom Devisenamt (beim Landesfinanzamt) den Bescheid, dass nach Zahlung von Reichsmark 420 an die Devisenbank Berlin die Freigabe Deiner Sammlung erfolgen würde. Gestern habe ich den Betrag, der wirklich etwas reichlich bemessen ist, der besagten Bank überwiesen und die Quittung darüber der Devisenstelle übersandt. Hoffentlich geht die Sache nun vorwärts.* (Tagebuch) *21.*

Oktober 1938. Heute, glaub' ich, geht daheim meine Bücherkiste (inklusive Markensammlung, Ahnenbuch, Tagebuch Tante Minna usw.) ab. Hoffentlich kommt das gute Stück bald an. (Tagebuch) *26. Oktober 1938. Halb Neun an der Bahn Treff mit Doris. Es regnet. Johnny-Bar. Heute gewissermassen Abschied. Noch ein Kuss auf der Treppe, dann wohl, trotz allerhand halber Verabredungen, Strich unter alles. Immerhin, trotz reichlicher Klippen, geschmackvoll zu Ende geführt.* (Tagebuch) *29. Oktober 1938. Heute Mittag kommt die Bücher + Briefmarken Kiste von zu Hause!* Ach, dieses Gedicht, das ich vor bald einem halben Jahr geschrieben hatte:

In der Fremde
(Nordtor der Castra Vindonissa, unweit Kloster Königsfelden, am 18. März 1938)

Am Römertore hingestreckt,
Um Frühlingssonne zu geniessen,
Lass ich von Äckern mich umschliessen;
Die alten Trümmer zugedeckt.

Das Buch ruht wesenlos im Schoss,
Form spür' ich altbehauen Steines,
Und Verse klassischen Lateines
Sind wie noch niemals in mir gross.

Auch klingt die Mittagsglocke hier
Vorbei, in unbestimmte Weite,
Das Kloster schläft an meiner Seite
Gleich fern vom Altertum in mir.

Zu Füssen singt das klare Band
Des Flusses immer gleiche Weise,
Doch nebenan die Eisengleise
Verbinden pfeilgeschwind das Land.

Die Seele findet ihr Daheim:
Du musst dich schlicht und dankbar beugen;
Denn jene würdeernsten Zeugen
Entsprechen unserm Wesenskeim.

Ein Pfiff, schon braust der Zug vorbei.
Ganz nah' seh ich den Güterwagen
Des Mutterlandes Zeichen tragen
Und bin erwachend nicht mehr frei.
    Hans Günther Bressler, Nachlese. Gedichte
    1921 bis 1985, Privatdruck 1985, S.86

Szene 13

Kessi, Frey

Kessi	Elsi hat mit ganz entsetzt berichtet, wie sie zufällig gesehen hat, wie du gestern mit deinem Jassgrüppchen beschwingt und mir nichts dir nichts ins – .
Frey	Es ist nicht so, wie ihr denkt.
Kessi	Ausgerechnet ihr im Stammlokal der Fröntler! Seid ihr noch ganz gescheit! Wie kann man bloss! Mit diesen braunen Horden – .

Frey

Hans Günther schlug vor, dass wir zur Abwechslung mal dorthin gehen. Er sei noch nie dort gewesen und niemand schlage je vor, dort einzukehren. Ich wollte gleich sagen, da gehen wir nicht hin, weil – . Doch der Rauber hielt mich zurück. Dann könnten wir heimlich beobachten, wie Hans Günther sich diesen Nazi-Sympathisanten gegenüber verhält, wenn sie an ihrem Stammtisch krakeelen. Hans Günther meinte dann nach zirka einer halben Stunde, ihm sei es hier drinnen zu laut. Da könne er sich nicht auf das Jassen konzentrieren. Ob wir nicht gescheiter austrinken und wieder in die Sonne gehen wollten. Als wir ihm dann erklärten, dass das das Stammlokal der Fröntler sei und wir es bewusst meiden, interessierte es ihn nicht sonderlich. Wie mit ihm Gespräche über Politik überhaupt nicht möglich sind. Als der Mattenberger sogar sein Entsetzen darüber äusserte, wie die MFO vom Papierchenschweizer Bührle frisch frei und fröhlich den Schwaben tonnenweise Waffen liefert und der Rauber sogar Hans Günther direkt fragte, wie er das finde, verzog Hans Günther keine Miene und begann fröhlich den wunderbaren Klevner aus dem Zürichbiet in den höchsten Tönen zu loben. Das Äusserste, was er sagt, ist, dass Hitler nicht das wahre Deutschland sei. Ich vermute, dass er ganz bewusst mal ins Fröntlernest gehen wollte, um zu sehen, wie es dort aussieht und wer da anzutreffen ist. So schweigsam er ist, er hat es faustdick hinter den Ohren.

Mitteltrakt des Hauptgebäudes (1872) Königsfelden

Zweiter Akt

Die Bühne gehört Bressler.

Szene 1

Bressler, Frey

Bressler sitzt an einem Tisch und schreibt. Dann steht er auf, tritt an die Rampe und rezitiert sein Gedicht.

Bressler   Meine Gedichte, ach, an ein Dichterleben ist längst nicht mehr zu denken. Bressler, vergiss es. Und doch, das Gedicht ist da.

      Was mir das Leben einmal wert gemacht,
      - mein Gott, sind denn die Tage schon vergangen? –
      Traum meiner Zukunft, den ich mir erdacht,
      Wie bald hat ihn die Gegenwart verlacht,
      Euch Lerchen, die sich in den Äther schwangen.

      Was mir das Leben einmal wert gemacht,
      - So kurz die Zeit, so schmerzhaft das Erinnern –
      Das Amt, das mir der Vater dargebracht,
      Ausschöpfend als Erfüllung mit Bedacht,
      Zählt mich bis heut' nicht zu den
      Glücksgewinnern!

Was mir das Leben einmal wert gemacht,
Des Landes und der Freundschaft Ideale …
Trug ich verblendet an zu leichter Fracht?
War meine Liebe euch zu ungeschlacht?
Leer ist auch diese ausgefüllte Schale.

Und was des Lebens Krone ausmacht,
Die Lieder, die aus mir ,gen Himmel stiegen;
Einst hab' ich bebend euch zur Welt gebracht,
Der liebste Quell ist auch schon am Versiegen.
Ade, Grab meiner Jugend, gute Nacht!
    Hans Günther Bressler, Nachlese. Gedichte
    1921 bis 1985, Privatdruck 1985, S.87

Bressler setzt sich wieder an seinen Schreibtisch, schreibt Tagebuch.

Bressler   *(Tagebuch) 9. November 1938. Die Synagogen in Deutschland brennen. Die letzten nichtarischen Geschäfte in Berlin sind zertrümmert. Es muss furchtbar sein. 2 Synagogen in Berlin, 1 in München, 1 in Konstanz und in Dessau p.p. in Flammen. (Tagebuch) 11. November 1938. Alle in München wohnhaften Juden innerhalb 48 Stunden ausgewiesen. (Tagebuch). 12. November 1938. Am Abend berichtet mir Kollege Lisak die durchs Radio empfangene Botschaft, dass die deutschen Juden als ,Entschädigung' 1 Milliarde aufzubringen hätten.*

Frey bringt Bressler eine Postkarte.

Bressler   Eine Postkarte von Mottl und Vatel. Sie haben das Desaster heil überstanden. Unterschrieben von Mottl und Vatel. Weitere Unterschriften von Uschi, Icke und und und. Wenn alle unterschreiben, weshalb fehlt die Unterschrift von Onkel Ernst? Verhaftet? Er muss verhaftet worden sein, dass er nicht zugegen war. (Tagebuch) *17. November 1938: Nach Tisch nach Zürich. Stadtbummel. Kino: ‚Soeurs d'armes'. Hans Taussig getroffen, Mit ihm Briefmarken getauscht. Margherita Restaurant. Dort zu Abend und mit Taussigs und Burkhards Rommé gespielt. Noch in grossen Sorgen wegen der Angehörigen daheim, von wo wüste Zeitungsnachrichten. Hans Taussig hat gerade in Brief von seiner Mutter erfahren, dass in Leipzig meine Cousins Herbert Breslauer, Fritz Weg und ein Onkel Max Kölner verhaftet sein sollen.* (Tagebuch) *18. November 1938: Wieder deprimiert, weil immer beängstigende Nachrichten. … Zwischen den Zeilen des Briefes meiner Eltern ist zu lesen, dass ihnen längst der Pass weggenommen ist und dass Onkel Ernst und Walter Meidner offenbar verhaftet sind.* Für Uschi Telegramme an deren Onkel in New York, damit er ihr, wie versprochen ein Affidavit sendet. Vergebens, es tut sich nichts. Ich schicke Bewerbung an die Basler Mission für Einsatz in Afrika. Und an das amerikanische Generalsekretariat mit Gesuch um Einreiseerlaubnis.

Frey bringt Bressler einen Brief.

Bressler   Aha, am 9. Dezember 1938 bestätigt das *Amerikanische Konsulat das Vorliegen meines Affidavits von Tante Trude Henning in St. Louis, erklärt aber, ich müsse noch 36 Monate warten.* (Tagebuch) *17. Dezember 1938. Heute frei. Am Nachmittag beizeiten nach Zürich. Schaufenster-*

Weihnachtsbummel – Taussigs im Café Bettini. Am
Abend Rommé gespielt zusammen mit diesen und
Burkards im ,Feldegg', bis es zwischen Taussigs
und Burkards plötzlich zu gewaltigem Krach und
Auseinandergehen kommt. Sie sind eben alle bloss
Nervenbündel.

Frey bringt Bressler einen Brief.

Bressler   (Tagebuch) *19. Dezember 1938. Tante Trude*
Henning aus St. Louis schreibt, dass das dortige
Diakonissenspital für die mir zugesagte Arztstelle
nun doch eine Absage erteilt hat, womit ihr
Affidavit hinfällig ist. (Tagebuch) *24. Dezember*
1938.   Am Heiligabend sehr traurig allein.
(Tagebuch) *12. Januar 1939. Früh übliche Arbeit*
mi Visite, Rapport und so weiter. Am Nachmittag
desgleichen. Am Abend mit Kollege Pritzker bei mir
und wir trinken eine von mir spendierte (mehr oder
weniger verwelkte) Flasche Asti spumante. (ins
Publikum sprechend) Wenn immer möglich nach
Zürich ins Kino, ,Amanda' mit Fred Astaire
und Ginger Rodgers, ,Alexanders Ragtimeband
von und mit Irving Berlin, ,Un carnet de Bal'.
(Tagebuch) *31.   Januar   1939.   Angenehme*
Gehaltserhöhung auf 300 Franken.

Szene 2

Kielholz, Bressler

Beide in weissen Arztkitteln. Die folgende Szene stützt sich auf
Tagebuch-Einträge Bressler vom 8. Februar und 7. März 1939.

Bressler	Chef, sie haben mich gerufen.
Kielholz	Collega Bressler, wie geht es mit ihrer schriftstellerischen Arbeit? Kommen sie mit ihrer Recherche über Follen vorwärts?
Bressler	Ja. Doch erweist sich das Ganze als umfangreicher, als ich es mir vorgestellt hatte. Es ist recht schwierig an die notwendigen Informationen und Dokumente ranzukommen. Doch ich bleibe dran.
Kielholz	Gut so.
Bressler	Daneben habe ich nun noch eine Arbeit über Dichterärzte begonnen.
Kielholz	Wie sie das alles schaffen! Und nun komme ich noch mit einer Anfrage. Mir schwebt bereits seit einiger Zeit vor, in lockeren Abständen eine Art Anstaltszeitung herauszugeben, um den Zusammenhalt innerhalb der Klinik zu fördern und um für draussen einen Einblick in unser Klinikleben zu geben. Hätten sie Zeit und Lust, die Redaktion dieser Anstaltszeitung zu übernehmen.
Bressler	Aber sicher, Chef. Es ist mir eine Ehre!
Kielholz	Sind sie frei heute Abend? Besuchen sie mich in meiner Wohnung. Sagen wir um Acht. Dann können wir uns in Ruhe über das Projekt unterhalten.

Beide werfen sich an verschiedenen Orten in ‚zivile' Kleidung und gehen dann auf einander zu mit zum Gruss ausgestreckten Händen.

Kielholz	Schön, Herr Collega Bressler, dass sie Zeit finden konnten. Sie haben doch nichts gegen ein Schlückchen Wein einzuwenden?
Bressler	Oh, und was für einen!
Kielholz	Zigarre?
Bressler	Gerne.

Die Beiden unterhalten sich angeregt eine Weile, wobei vor allem Kielholz Ausführungen macht und Bressler vor allem freudig nickt, während sie trinken und rauchen. Dann ist dieser Gesprächsteil, von dem nichts zu hören ist, klar zu Ende. Kielholz füllt die Gläser noch einmal nach.

Kielholz	Was ich sie, Herr Collega Bressler, schon lange fragen wollte, was genau hat sie in die Schweiz verschlagen? Ja, ja, ihre Dissertation bei Professor Klaesi in Bern. Doch weshalb ausgerechnet Klaesi als Doktorvater? Nein, nein, sie brauchen mir nichts zu sagen. Ich dachte bloss, nun, ich bin ein neugieriger Menschen.
Bressler	(*die ersten Worte hervorwürgend*) Chef, ich will ihnen gegenüber ganz offen sein. Sie sind der erste Schweizer dem gegenüber ich den wahren Grund bekenne. Ich bitte sie inständig, das was ich ihnen jetzt erzählen werde, nicht weiter zu verwenden. Es soll unter uns bleiben.
Kielholz	Unter dem Siegel der Verschwiegenheit, versprochen!
Bressler	Nun, es ist so, dass ich …

Szene 3

Kielholz, Mohr, später Pritzker

Alle tragen weisse Arztkittel.

Kielholz	Herr Collega Mohr, was haben sie auf dem Herzen?
Mohr	Zwei Dinge, Chef. Ich muss ihnen eine absolut peinliche Geschichte beichten. Und dann habe ich noch eine Frage, die mir auf der Seele liegt. Mit meiner Beichte möchte ich unbedingt allfälligen Klagen von Kollegen zuvorkommen. Sie sollen die Geschichte von mir erfahren. Ich habe alles verbockt. Ich bedaure es so sehr, dass ich ungewollt, unbeabsichtigt, das Klima unter uns Kollegen …
Kielholz	Schiessen sie los.
Mohr	So lässig Kollege Bressler ist, er hat unter den Kollegen nicht nur Freunde. Einzelne beneiden ihn. Weil er so lässig ist. Sind erpicht darauf, kleinste Anzeichen einer Besonderheit gleich zu einem grossen Makel und einem Skandal aufzubauschen. Nun kommt Bressler, ganz ausser sich, zu mir, seinem Oberarzt, und berichtet mir empört, dass Kollege Gerster unter den Kollegen das Gerücht gestreut habe, dass er, Bressler, einer der einsatzbereiten Deutschen sein könnte, die hier bei uns für die Nazis rekrutieren. Ich begreife Bresslers Empörung. Um die Situation zu entspannen, rutscht mir spontan raus, und, wie verhält es

sich, sind sie so einer? Im Moment, wo diese Worte draussen sind, wird mir bewusst, dass ich das Falsche gesagt habe. Bressler gerät ganz aus der Fassung. Er schaut mich starr, mit Tränen in den Augen an und murmelt mit dumpfer Stimme, dann haben selbst sie kein Vertrauen in mich und meine Ehrlichkeit. Nun, ich kann die Sache soweit wieder gut machen. Bressler beruhigen. Ihn sogar davon überzeugen, dass eine Explosion eine verfehlte Reaktion ist. Es besser wäre, grinsend hinzuwerfen, klar doch, haben sie noch nie bemerkt, wie ich alle Leute vom Nationalsozialismus zu überzeugen suche. Ich habe mir auch Gerster vorgeknöpft und ihn vor dem ganzen Assistentenkollegium erklären lassen, dass es sich bei seiner Behauptung um eine willentliche Verleumdung handle. Soweit ist diese Sache also ausgebügelt. Haben Sie bereits davon gehört gehabt? (*Kielholz schüttelt seinen Kopf*) Die zweite Sache ist privater und delikater. Bressler geht, das habe ich selber mitbekommen, oft zum reformierten Gottesdienst in die reformierte Kirche von Windisch. Und er besucht, so erzählte mir meine Schwägerin, Schwester Marga, eine Bibelstunde in privatem Rahmen. So weit so gut. Zufällig jedoch fällt mein Blick, als ich mich jüngst mit Bressler in dessen Büro unterhalte, auf eine offen auf dessen Pult herumliegende Postkarte aus Deutschland. Ich lese automatisch, ohne es zu wollen, dass Absender der Postkarte die Eltern von Bressler sind. Bresslers aus Breslau. Elfriede und Eugen Bressler. Doch hinter Elfriede steht klar und deutlich Sarah und hinter Eugen Israel. Nun muss ich annehmen, dass die Kirchenbesuche Bresslers eine perfekte Tarnung sind. Er in Wahrheit Jude ist. Was für mich keine Rolle spielt. Doch dass er uns allen etwas vormacht, irritiert mich, gelinde gesagt, schon etwas.

Kielholz Gut, Herr Collega, dass sie mich darauf ansprechen. Bressler hat sich mir, unter dem Siegel der Verschwiegenheit anvertraut. Doch möchte er sein Schicksal nicht an die grosse Glocke hängen. Ein möglichst normales Leben führen und als beliebiger Mitmensch wahrgenommen werden. Nicht als Opfer. Er hat mir seine Geschichte gestanden. Wenige Tage nach seiner Geburt war er in der Friedenskirche von Jauer lutherisch getauft worden. Kurz darauf hatten auch seine beiden Eltern, die als liberale Juden lebten, taufen lassen. Bressler ist also Lutheraner. Die deutschen Rassengesetze der Nazis stempelten ihn jedoch zum Juden und so waren und sind er und seine Familie den Verfolgungen in Deutschland hilflos ausgeliefert. In Deutschland hatte er zwar sein medizinisches Staatsexamen in Breslau noch ablegen, jedoch danach keinen Professor als Doktorvater finden können, um seine Doktorarbeit zu schreiben. Daher ist er zu Professor Klaesi an die Universität Bern und die Heil- und Pflegeanstalt Waldau gekommen. Er kann nicht mehr zurück nach Deutschland. Deshalb ist er hier. Und für uns ein klarer Gewinn. Um den Forderungen der hiesigen Behörden Genüge zu tun, muss er, was ich nicht wusste, den Nachweis erbringen, dass er sich um eine Weiterreise in ein Drittland bemüht. Der ärmste Collega Bressler steht unter schrecklichem Druck – und schafft es dennoch, für uns der immer gut aufgelegte, geistreiche und fröhliche Geselle zu sein. Eine Glanzleistung. Doch hoffe ich, dass wir ihn so lange als möglich hier behalten können. Ich auf jeden Fall tue mein Bestes, dass er den Aufenthalt hier behalten kann. Versprechen sie, dass das, was ich ihnen soeben erzählt habe, unter uns bleibt. Auch Bressler gegenüber die Klappe halten. (*Kielholz wird sich bewusst, dass Pritzker vor einiger Zeit dazugestossen ist*) Sind sie schon lange hier, Collega Pritzker? Versprechen auch sie mir höchste Verschwiegenheit.

Pritzker   Ich ahnte diese Geschichte bereits seit langem. Ich versuchte Bressler die Würmer aus der Nase zu ziehen. Vergeblich. Wissenschaftlich, bei der Arbeit, über seine Gutachten, beim Schachspiel, beim Schwimmen, beim gemeinsamen Feiern ist er immer voll dabei. Doch Privates, Intimes, Gefühle kein Wort. Da blockt er immer ab. Wohl seine Strategie, der fröhliche Geselle zu bleiben, der er für uns nun mal ist.

Szene 4

Bressler, Frey

Frey, beladen mit seiner Umhängetasche, bringt Bressler, der im weissen Arztkittel am Schreibtisch sitzt, einen Brief.

Frey   Und vergiss nicht, heute Abend in der Sonne wird ein Jass geklopft. (*ab*)

Bressler   Mottl, die liebe Mottl schreibt am 11. März 1939: *Über Deinen vorhin erhaltenen Brief haben wir uns sehr gefreut, zumal Du durch die Liebenswürdigkeit Deines Chefs doch einen angenehmen Abend hattest und bevorzugt wurdest. Das muss Dir doch eine rechte Genugtuung sein. Und ich finde es ganz recht, dass Du mit dem Bürolisten zuweilen Jass spielst. Das solltest Du ruhig öfters tun! Und dass der Chef Dein Gesuch, das Du wohl anfangs April oder eher schreiben wirst, wiederum befürworten will, ist doch ebenfalls erfreulich.*

Bressler schreibt in seiner Bude.

Bressler   (Tagebuch) *25. März 1939. Empfehlungsschreiben von Pfarrer Gelpke für die Mission in Basel. Zigaretten von Eltern erhalten. Hier hört man wilde Gerüchte: Deutschland habe Lichtenstein besetzt, im Schwarzwald 14 deutsche Divisionen aufmarschiert und so weiter. Tatsächlich gehen immerzu schweizerische Truppentransporte an die Grenze. Brugg und die Anstalt äusserst aufgeregt.*

Bressler stürzt sich wieder in seinen weissen Arztkittel und erhält von Frey Briefe überreicht. .

Bressler   Mottl schreibt am 18. März 1939: *Du wirst staunen, heut wieder Nachricht zu bekommen, aber Du kannst Dir ja denken, dass uns Deine Zukunft sehr beschäftigt. Vor ungefähr 14 Tagen schriebst Du uns, dass Ihr beratschlagt habt, dass – falls Du die Stellung in der Mission bekommst – Du ein halbes Jahr als Volontär an eine chirurgische Abteilung solltest und ausserdem ein halbes Jahr chinesisch lernen müsstest. Das ist alles schön und gut und ich wünsche von Herzen, dass alles klappt. Aber hast Du Dir überlegt, ob Du dich das ganze Jahr ohne Einkommen über Wasser halten kannst? Wir haben doch leider keine Möglichkeit, Dir Geld zu überweisen. Ich würde an Deiner Stelle jeden Stolz beiseite stellen und am Mittwoch mit den Herren offen über Deine Lage sprechen.*

Bressler steht auf und erzählt händereibend sein Erlebnis.

Bressler   Da fahre ich gestern am Mittwoch nach Basel. Punkt Neun spreche ich auf der Mission vor. Werde zu einem Privatissimi mit den Spitzen der Mission empfangen: Pfarrer Hannich, China Inspektor, Pfarrer Kellerhals, Afrika-Inspektor, Pfarrer Huggenbauer, Borneo-Inspektor, Pfarrer Witschy, Pfarrer Burckhardt, Präsident, und Fräulein Sarasin, Leiterin der weiblichen Mission. Das Ganze dauert bis nach Zwölf. Ist äusserst interessant. Soll ich mir wünschen, dass ich angenommen werde? Schon ein etwas mulmiges Gefühl, irgendwohin in die Welt hinaus geschickt zu werden. Einerlei. Hauptsache, ich habe keinen Idioten aus mir gemacht. Ernsthafte Absicht glaubhaft rübergebracht. Na ja, danach habe ich das Kunstmuseum besucht. Irgendwie bin ich anginös und auch zerschlagen. Deutschland hat Memel besetzt. (*Bressler schüttelt seinen Kopf; die Schilderung beruht auf einem Tagebucheintrag vom 22. März 1939*)

Bressler bekommt von Frey einen Stapel Briefe gereicht.

Bressler   Was hat Mottl am 23. März zu melden? *Am gestrigen Mittwoch haben wir viel an Dich und Deine Erlebnisse in Basel gedacht und sind schon auf Deinen Bericht gespannt. Mit Uschi wird's jetzt ernst, sie hat ihr Permit für England bekommen und wird dann nach Erledigung aller Formalitäten, was ja noch etwas Zeit in Anspruch nehmen wird, losfahren.*

Bressler schreibend in seiner Bude.

Bressler   (Tagebuch) *30. März 1939. Am Abend aus Verzweiflung, Einsamkeit und so weiter Kino: Gigli in einem neuen Film. Der Ring um Deutschland schliesst sich.* (Tagebuch) *31. März 1939. Absage der Mission Basel. Käse an Eltern (von Zürich aus).* (Tagebuch) *1. April 1939. Papiere von Pfarrer Gelpke in Bonstetten für China Defense League, wo ich mich noch bewerben soll. Ob der Absage aus Basel recht konsterniert.* (Tagebuch) *2. April 1939. Schon wieder und erneute die Bewerbung um meine Stelle hier in Königsfelden und polizeiliches Verlängerungs-gesuch beim Chef eingereicht.* (Tagebuch) *3. April*

1939. Bewerbungsbrief an China Defense League, mit Rückantwortschein und so weiter. (Tagebuch) *7. April 1939. Karfreitag: Morgens in der Windischer Kirche, exclusive Abendmahl. Conditorei Wüthrich. Nach Tisch Zürich, wo ich, freilich eigentlich reichlich über meinen Etat, mir den Parsifal in einer wunderbaren Aufführung von Vier bis acht Uhr vierzig ansehe. Überfall – schon seit gestern – Italiens auf Albanien.*

Bressler bei der Arbeit, Frey händigt ihm einen Stapel Briefe aus.

Bressler   Breslau, 15. April 1939. *Und was Uschi anbelangt, darf Dich ihre künftige Stellung in England nicht stören. Wenn Du wusstest, wie viele das tun! Senta, die doch Mann und 3 Kinder hat, geht in gleicher Eigenschaft wie Uschi nach London. Die Kinder sind schon seit Monaten dort in Familien untergebracht und ihr Mann versucht auch hinzukommen. Walter M. las uns übrigens einen langen Brief von Erwin aus Australien vor, der vorläufig noch nichts hat, erst die Sprache besser beherrschen will, ehe er sich etwas sucht. Tea hat bereits nach 3 Tagen in Australien ebenfalls als Hausangestellte eine Stellung mit 6 Zimmern und 3 Kindern gefunden und ist nur über Nacht zu Hause. Und wir selbst – Vatel und ich – sind nun viel allein. … Nun muss ich allein versuchen, den alten Herrn etwas aufzumuntern.*

Frey bringt Bressler einen Brief, worauf Bressler zuerst einen Brief liest, dann den nächsten.

Bressler   Gott sei Dank! Aarau verlängert meine Arbeitsbewilligung um ein Jahr. Erleichterung und Freude. Schon verrückt, dass etwas, was selbstverständlich sein sollte, einen in einen Glückszustand katapultieren kann. Verrückte Zeiten. Dafür ist mein Geburtstag äusserst triste. Alleine. Verlassen. Alleine gelassen. (*beim zweiten Brief angelangt*) O Schreck, o Graus! Nicht auch das noch. Uschi, ich kann nicht mehr. Du stellst mich vor das Ultimatum, heiraten oder Trennung und Auflösung der Verlobung. Wie soll das gehen. Du in England, ich hier. Dein Ultimatum lehne ich ab. Dezidiert! Doch so, dass wir weiterhin in Frieden zusammen korrespondieren können.

Pritzker kommt, worauf Bressler aus seiner Schreckensstarre erwacht und fröhlich wie immer scheint.

Pritzker	Mittagspause, Bressler! Was stierst du noch in die Akten. Komm, begleite mich in die Stadt.
Bressler	Geht nicht. Ich muss die Verlängerung meiner Arbeitsbewilligung in die Gemeindekanzlei bringen.
Pritzker	Dann gehen wir zuerst dorthin und nachher in den Konsum. Ich habe dort ein Paar Schuhe gesehen. Du musst mich beraten. Du hast einen guten Geschmack. Und dann gehen wir ins Schwimmbad. Badesaison wird heute eröffnet. Dann kannst du endlos Kopfsprünge proben. (*beide lachen, entledigen sich ihrer weissen Arztkittel*)

Bressler an seinem Schreibtisch in seiner Bude, das Schreiben eines Briefes beendend, den Brief in einen Briefumschlag steckend.

Bressler	*(triumphierend)* Geschafft! Ein saftiger Brief an Uschi in England. Ultimatum abgelehnt! (Tagebuch) *8. Juni 1938. In der Mittagspause wieder schwimmen, zusammen mit Fräulein Kessi.* (Tagebuch) *10. Juni 1939. In der Mittagspause bei Leutwyler meine Garderobe vervollständigt (weisse Jacke) sowie in der Stadtbibliothek, in die ich mit einem Halbjahresbeitrag von Fr. 3.00 eintrete.* (Tagebuch) *14. Juni 1939. Entschluss, dass etwas geschehen muss: Dichten, Schriftstellern oder Gott weiss was. Aber so geht das bestimmt nicht weiter: Es wird nicht mehr vegetiert!!!* (Tagebuch) *16. Juni 1939. Bewerbung an Prof. Jaffe in Venezuela.* (Tagebuch) *29. Juni 1939. Über Mittag Baden zusammen mit Fräulein Kessi, dann mit Pritzker, der heute frei hat, und mit Fräulein Camer, seiner Braut, der ich, freilich verspätet, im Badebassin vorgestellt zu werden die Ehre habe. Fräulein Kessi ersäuft beinahe & wird durch Pritzker aus dem Kanal gezogen. Rommé. ··· Englischstunde No II, durch Herzkrampfe einer Nachbarin der Fräulein Fuchs unterbrochen. Danach noch in Confiserie Wuthrich bei leckerem Eisbecher.* .(Tagebuch) *26. Juli 1939. Absage von Prof. Jaffe aus Caracas. ··· FREI. Morgens in der Stadt, mir Rommé-Karten im Effingerhof und 1 Los der Landeslotterie besorgt. Patiencen von Fräulein Kessi gelernt.* (Tagebuch) *23. August 1939. FREI. Am Nachmittag nach Baden. Am Abend daselbst Treff mit Fräulein Kessi und Tanz im Kursaal. ··· Weltlage mehr als kritisch. Hals über Kopf reist Fräulein Kessis gerade zu Besuch weilende polnische Freundin heimwärts ab.*

Bressler bei der Arbeit, Frey überreicht ihm einen Stapel Briefe

Bressler   Mottl schreibt am 24. August 1939: *Und vorhin brachte die I Post Deine l. Karte - besten Dank. Die Nachricht, dass Uschi Dich ev. demnächst aufsuchen will, hat mich - sagen wir - etwas erschüttert und ich kann Dir meine mütterlichen Ratschlage nicht vorenthalten. Uschi ist so überlegt und zielbewusst, dass m.E. wieder etwas dahinter steckt. Ich fürchte, dass sie Dich veranlassen will, wenn sich Dir keine andere Stellung momentan bietet, irgendetwas Anderes zu ergreifen nur um möglichst schnell zu heiraten. Sie kann doch aber wirklich zufrieden sein, solche günstige Stellung getroffen zu haben. Dass sie eine Menge Arbeit hat, glaube ich schon. Sie hat doch aber gute Behandlung, Familienanschluss und genügend Abwechslung, worüber andere wieder sehr klagen. Nach allem, was ich höre, hat sie es wirklich günstig getroffen.*

Bressler in seiner Bude.

Bressler   (Tagebuch) *1. September 1939: FREI. Überfall Deutschlands auf Polen. Überall grösste Aufregung. Schweiz macht morgen und übermorgen mobil. Nichts weiter unternommen.*

Szene 5

Alle

Bressler im Zentrum, je nach dem, im weissen Arztkittel oder zivil gekleidet, Tagebuch schreibend, Briefe lesend, kommentierend. Die

Übrigen am Rand, in hektischer Bewegung Mohr, Kessi und Frey wechseln in Militäruniformen, deren sie sich gleich wieder entledigen, sobald sie erneut auftauchen.

Bressler (*zynisch lachend*) Da steh ich nun, ich armer Tor, machtlos vis-à-vis (*ausgesprochen: fis a fis*). Ich kann mich auf den Kopf stellen, nichts ändert sich. Ja, ja, die Schweizer Neutralität. Da bin ich nun, weil Staatsangehöriger des Angreifers und potenziellen Kriegsgegners der neutralen Schweiz, noch mehr persona non oder überhaupt nicht mehr grata als zuvor. (*mit schmerzverzerrter Miene*) Und Mottl und Vatel – ich darf nicht daran denken! Selbst Fräulein Kessi, Edi Frey und Mohr haben mich verlassen. Ich armes Mensch. Zum Glück kann ich mich in meiner Arbeit verschanzen. Und bin dennoch nicht total abgeschnitten vom Weltgeschehen.

Bressler holt aus einem Wandfach einen Stapel Briefe.

Bressler Die treuen Seelen. Eine Feldpostkarte vom Bürolisten Frey. Und eine Feldpostkarte von Fräulein Kessi! Erstaunlich, sie als Wachtmeister in der Schweizer Armee. Hätte ich ihr nie zugetraut gehabt. Sie meinte bloss, als ausgebildete Krankenschwester sei man auch im Militär eingeteilt. Die Uniform steht ihr gut. Bevor sie ins Feld abgeschwirrt ist, hatte sie sich mir noch gezeigt. Echt stolz. Ja, ja, die tüchtigen Eidgenossinnen! Oje, ich habe ja heute um Zwei eine Verabredung beim Verwaltungsangestellten Wiederkehr in der Verwaltung der Klinik. Er wird mir das

Matrizenschreiben zeigen, damit ich die Anstaltszeitung, die wir, der Chef und ich, auf meinen Vorschlag hin ‚Herbstgruss' nennen, weil die Zeitung jeweils im Herbst erscheinen soll, richtig produzieren kann. Ich werde einige Seiten Matrizen schreiben müssen, ui, ui, ui!

Pritzker kommt vorbei.

Pritzker   Kannst du mir sagen, ist man in meiner Situation nervös oder nicht? Darf man die Nervosität zeigen oder nicht? Du, Bressler weisst doch immer alles, bist ein so gescheites Haus.

Bressler   Bedaure, in Sachen Heirat bin ich ein Waisenknabe. Was ihr alle munter machen könnt, ist mir verwehrt. Meine Braut hockt in England, ich hier. Ich kann dir nicht raten. Ich habe ganz andere Sorgen, seit man munkeln hört, der Bundesrat erlasse ein strengeres Fremden-gesetz. Doch dir, mein lieber Pritzker, wünsche ich Mannhaftigkeit, wenn du morgen, am 17. Oktober im Jahre des Herrn 1939 dem Fräulein Camer das Ja-Wort gibst und unterschreibst, dass sie ab dato Frau Doktor Pritzker sei. Spass beiseite, mach's gut

Bressler schreibt einen Brief in seiner Bude.

Bressler   Königsfelden, den 22. Oktober 1939. Mein liebes Fräulein Wachtmeister Kessi! Welche Freude über Ihr Lebenszeichen aus dem Felde. Ich wünsche Ihnen, dass Sie die Schlacht gewinnen und beim Kampfe keinen Schaden nehmen. *Und Politik? Die Collegen reiben mir*

schon mein angeblich demnächst bolschewistisches
Vaterland unter die Nase, worauf ich zu erwidern
pflege, dass ich unter besagten Umständen nach
Paris emigriere, mich als weissrussischer Adliger
ausgebe und mich als Autochauffeur zu verdingen
beabsichtige. Aber Spass bei Seite. Es zuckt mir
zeitweise stark in den Gliedern, mich an der
Beseitigung einiger missliebiger Zeitgenossen zu
beteiligen, zumal England jetzt principiell
Ausländer in sein Heer aufnimmt und auch zu
Officieren avancieren lässt, wobei zu bemerken ist,
dass Ärzte bekanntlich in Kriegszeiten immer ein
rarer Artikel sind (noch seltener als
Röntgenschwestern). Andererseits ⸱⸱⸱⸱⸱⸱ na, ja. Sei
' s drum. Man kommt sich hier doch oft immer
noch leicht deplaciert vor, wohingegen man bei
dieser Art von Glaubenskrieg in das eigene Land
erst recht nicht passt. Lassen Sie bitte wieder einmal
von sich hören. Nicht zu bündig und nicht in allzu
langer Zeit.

Geht zu einem Briefkasten und wirft den Brief ein.

Bressler   Die Zeiten sind verrückt. So irreal. Die übliche
              Arbeit. Meist der übliche Trott. Immer wieder
              verabschiedet sich jemand, um in Uniform in
              den Aktivdienst zu gehen. Da bleibt bisweilen
              etwas mehr Arbeit an einem hängen. Doch es
              bleibt auch genügend Zeit, um meine
              wissenschaftliche Untersuchung in Sachen
              Follen voranzutreiben. Dann und wann
              schreibe ich ein Gedicht. Und ich habe
              begonnen eine Familiengeschichte zu
              schreiben. Eine echte Herausforderung. Und
              wenn's mir in meiner Bude allzu eng wird,

schwirre ich ab ins Kino, in die Confiserie Wüthrich, nach Zürich, courant normal – beinahe. Doch es herrscht Krieg. Die Verwandten und Freunde und Bekannten aus Breslau, die nach USA, England, Venezuela, Argentinien ausgewandert sind, bemerken, dass ihre Zufluchtsländer im Kriegszustand mit Deutschland sind und daher die Post nach Deutschland nicht mehr funktioniert. Und umgekehrt ebenfalls. Die Deutschen können mit ihren emigrierten Freunden und Verwandten nicht mehr korrespondieren. Aus der neutralen Schweiz funktioniert die Post noch nach überall hin. So werde ich als Drehscheibe für unzählige Korrespondenzen benutzt. Bekomme Briefe aus aller Welt zugstellt, die ich nach Deutschland weiterleiten soll, und Briefe aus Deutschland, die ich in alle Welt schicken soll. Na ja, es ist immer etwas zu tun. Langweilig wird es mir nicht. Und zum Grübeln über das Absurde unserer Zeit fehlt mir schlicht und ergreifend die Zeit. Gutachten. Immer ich. Zu viele Gutachten.

Bressler packt einen Aktenordner und geht zu Lisak und Berger.

Lisak	Ein solcher Stapel Akten? Was willst du damit?
Berger	Die Akten für sein neues Gutachten, bestimmt.
Bressler	Ich wollte fragen, ob allenfalls jemand von euch Lust und Zeit hätte – . Falls ja, werde ich es mit dem Oberarzt und dem Chef klären.
Lisak	Es ist so, dass – .
Berger	Bressler, du bist der Stargutachter. Der Chef übergibt die Gutachtenaufträge an dich, weil du so gut bist. Brauchst dich nicht kleiner zu

machen, als du bist. Ich meine nicht bezüglich der Körperlänge. Da bist du tatsächlich etwas klein geraten – .

Bresser winkt ab, geht ernüchtert weiter, flugs zu Pritzker.

Bressler	Nichts zu machen. Sie wollen einfach nicht. Du auch nicht. Also bleibe ich, ich alleine auf all diesen Gutachten hocken.
Pritzker	Zwei Gutachten.
Bressler	Ja. Doch der Chef hat mir bereits angekündigt, dass mit grösster Wahrscheinlichkeit auch Patient Leubi vom Männer B. für das Bezirksgericht Zurzach …
Pritzker	Sei doch froh über die Gutachten. Sie werden separat vergütet. Du wirst ein steinreicher Mann werden.
Bressler	Vierzig, fünfzig oder sechzig Fränkli pro Gutachten und ein solcher Krampf!
Pritzker	Du als Dichter bist doch in deinem Element beim Schreiben von Schauergeschichten.
Bressler	Ja, schon, aber … Okay, okay, Ich hatte bloss gedacht … Zumindest ein finanzieller Beitrag an die Porti meiner ausufernden Korrespondenzen und an die Liebesgabenpakete nach Deutschland.

Kessi stürzt kurz in Bresslers Büro, was auch Pritzker von seiner Arbeit aufschauen lasst. Kessi verschwindet gleich wieder.

Bressler	Sie sind zurück?
Kessi	Wollen wir meine Rückkehr feiern? Im Kursaal in Baden. Endlich wieder einmal tanzen. Ich habe ein neues rotes Samtkleid. Ich hoffe, es wird ihnen gefallen. *(ab)*

Pritzker	(*schneidet eine Grimasse*) Bei ihr hast du ein Stein im Brett!

Bressler winkt ab, beugt sich über Akten und gibt vor, zu arbeiten. Pritzker ab. Bressler sinniert.

Bressler	Mein unseliger Hang zum Übertreiben. Wir hätten nicht noch an der Bar den Champagner trinken sollen. Wenn ich in Festlaune und erst noch in guter Gesellschaft bin, gebe ich bedenkenlos Unsummen für Dinge aus, die man genauso gut bleiben lassen könnte. Was soll's! Irgendwie ist eh alles egal. Wir tanzen auf dem Vulkan. Nach uns die Sintflut. Zumindest amüsiere ich mich dabei blendend und heute Abend werden Fräulein Kessi und ich in die Confiserie Wüthrich gehen und uns über Thomas Manns ,Königliche Hoheit' unterhalten, die zu lesen ich ihr an ihr Herzchen gelegt habe.

Bressler zieht den Arztkittel über und mutiert zum Arbeitsmodus. Frey kommt.

Bressler	Heimurlaub? Wie lange?
Frey	Genügend lange, Hans Günther, damit wir wieder einmal einen Jass klopfen können. Heute Abend? Ich komme nach Sieben zu dir hoch in deine Bude.
Bressler	Nein, heute geht es nicht. Das gehe ich mit Fräulein Kessi ins Kino.
Frey	Oh, kann ich mitkommen?
Bressler	Klar. Maria Walewska mit der Garbo. Ich habe ihn vor einem Jahr in Zürich schon mal gesehen. Zusammen mit Doris. Fräulein Kessi

	will den Film unbedingt sehen. Und mir macht es nichts aus, ihn mir ein zweites Mal anzutun.
Frey	Oh, fein. Um halb Acht in der Eingangshalle? (*ab*)

Bressler holt seine eingegangene Post aus einem Fach.

Bressler	Vatel schreibt: *Breslau, 18. Januar 1940. Ich kann Dir aber versichern, dass wir gesund und guter Dinge sind und nichts entbehren. Denke Dir: letzthin bewunderten wir Gerhards Grammophon so sehr, dass ich mich am Montag entschloss, unter seiner Assistenz einen Elektrola-Apparat zu kaufen, und jetzt geniessen wir mehrmals täglich als Radio-Ersatz wunderschöne Musik, zumal wir noch ein paar Grammophon-Platten (Beethoven. C. Moll Messe und Tauber-Gesang aus Verdi's Othello) uns zugelegt haben. Da ich bei der grimmigen Kälte fast gar nicht auszugehen wage, ist das eine sehr angenehme Abwechslung. Der Gang (eine Fahrt) zum Grammophon-Händler war für mich seit fast 3 Monaten der 1. Weg in die Stadt.* Klar, sie brauchen etwas Abwechslung und Unterhaltung in ihrem düsteren Alltag, wenn sie, als ‚Juden‘, keine öffentlichen Veranstaltungen wie Kino, Theater, Konzerte mehr besuchen und sich auf Spaziergängen nicht einmal mehr auf Sitzbänke draussen setzen dürfen. ‚Für Juden verboten?! Und Mottl schreibt: *Breslau, 26. Januar 1940. Sage nur der Uschi, dass Du es doch viel schwerer hast und nicht die Abwechslung wie sie. Sie ist doch schliesslich vernünftig genug um sich sagen zu müssen, dass eine Heirat nunmal noch in weiter Ferne liegt. Lass Dir also nicht das Herz schwer machen. Heut zu*

74

Tage hat wirklich jeder genug zu tragen! Also lass auch Du keine Einsamkeitsgefühle aufkommen, sondern ergreife jede Abwechslung, die sich Dir bietet. Das hast Du wirklich dringend notwendig. Ich freue mich, dass Fräulein Kessi vorläufig nicht fort braucht, und dass Du durch sie manche Abwechslung hast. (Tagebuch) *20. Februar 1940. Am Abend zus. mit Fräulein Kessi oben in seinem Zimmer bei Pritzker, der Dienst hat, mit ihm und seiner Frau Rommé gespielt, wobei das junge Ehepaar wegen eben gezeitigtem Hauskauf noch ganz aus dem Häuschen.* (Tagebuch) *3. April 1940. Abends mit Fräulein Kessi, die ich nun duze und Gret nennen darf, Tanzen und Bar in Baden. Prima! Nach längerer Pause. Heute mittags noch Coiffeur und auf dem, Gemeindebureau wegen meiner Arbeitsbewilligung.*

Szene 6

Kessi, Mohr, Bressler

Mohr sucht Kessi auf, Bressler steht bedrückt an der Rampe

Bressler	*Vatel tot.* (20. April 1940)
Mohr	Gret, hast du einen Moment. Ich muss dich dringend sprechen.
Kessi	(*während sie ruhig weiterarbeitet mit Bunsenbrenner und Reagenzgläsern und nicht einmal ihren Blick zu Mohr hin wendet*) Für meinen Lieblingsschwager habe ich immer Zeit und

	lasse für ihn jedes Reagenzglas bei seinem Erscheinen sofort fallen.
Mohr	Der Vater von Bressler ist unerwartet und plötzlich gestorben. Herzschlag. Die Schwester von Bressler hat aus Hirschberg angerufen und Berti und mich gebeten, es schonend Bressler mitzuteilen, bevor er den Brief seiner Mutter mit der Todesnachricht erhält. Ich habe soeben mit ihm gesprochen. Dieser Mann ist mir ein Rätsel. Klar, sein Gesichtsausdruck zeigte im ersten Moment Schrecken. Doch dann ruhig und gefasst, wie immer. Unnahbar. Nicht bereit, über seine Gefühle zu sprechen. Diese Kontrolliertheit ist mir unheimlich. Nicht auszuschliessen, dass er plötzlich implodiert. Zusammenbricht. Uns ist bekannt, wie er seinen Vater, Vatel, über alles bewunderte. Und jetzt ist und bleibt er anscheinend die Ruhe in Person. Ich komme nicht an diesen Menschen heran. Kannst nicht du, Gret, unter irgendeinem Vorwand ihn jetzt gleich aufsuchen und schauen, ob er sich dir öffnet.
Kessi	Wir unterhalten uns immer nur über den Film, den wir gesehen haben, Literatur, seinen Follen, über den er diese wissenschaftliche Arbeit schreibt, über die nächste Ausgabe der Anstaltszeitung ,Herbstgruss'. Es ist immer unterhaltsam und spannend. Doch von sich erzählt er nichts. Kein Wort. Ich weiss nichts über ihn. Ausser, dass er in Breslau seinen Vatel und seine Mottl hat und an ihnen hängt. Gut kenne ich ihn nicht.

Mohr	Verstehe, bloss wegen des bisschen Tanzens im Kursaal seid ihr euch nicht näher gekommen.
Kessi	Und wegen des bisschen Spazierens auf dem Bruggerberg. Die Leute beginnen immer gleich blöd zu tratschen. Dabei läuft nichts zwischen Hans Günther und mir. Überhaupt nichts. Ob du es nun glaubst oder nicht. Es ist tatsächlich so. Trotz des Tanzens, des Spazierens sind wir uns nicht näher gekommen. Und das ist auch recht so. Ich suche keinen Mann. Will unabhängig bleiben! – Also gut. Ich versuche es. Ich werde gleich zu ihm gehen. (*Gret legt die Reagenzgläser beiseite, stellt den Bunsenbrenner ab*) Im Excelsior läuft dieser neue Film mit Zarah Leander. Ich werde ihn fragen, ob er Lust habe, mich ins Kino zu begleiten heute Abend. Irgendwie wird er da schon reagieren. (*ab*)
Bressler	*Vatel tot.* (20. April 1940)

Gret Kessi und Hans Günther Bressler
Am Bruggerberg 1939

Dritter Akt

Szene 1

Bressler

Im Dickicht der Stadt ist Bressler in einem Selbstgespräch, zufällig vor einer riesigen Skulptur (,Der Flieger' von Hans Trudel) stehend, diese aber nicht anschauend.

Bressler   Eine Schnapsidee, nach Baden zu fahren. Weshalb bin ich hier! Was soll ich hier? Ich vertreibe mir die Zeit mit sinnlosen Dingen. Um nicht alleine, geknickt, in meiner zwar vier Meter hohen, dennoch aber beengenden Bude zu versauern. Mit meinem Schicksal zu hadern. Nach und nach in eine Depression zu schliddern. Ich bin allein und einsam. Alle sind und alles ist mir so unendlich fern. Sobald ich in Gesellschaft bin, mache ich auf Clown und unterhalte die Leute. Doch nichts verbindet mich mit niemandem. Was möchte ich? Nichts möchte ich. Am Liebsten nichts. Nichts, nichts und nochmals nichts. Dass alles sich auflöste und der Spuk ein für allemal vorüber ist. Doch zu bezweifeln bleibt, ob das Nichts Besseres auf Lager hat, für ein erträumtes, sehnlichst erhofftes, doch fernes

Dasein in einer fernen Zukunft. Ich mag nicht mehr träumen. Nicht mehr wünschen.

Szene 2

Bressler, Kessi

Kessi geht im Rücken von Bressler eilend vorüber. Ihr Blick streift Bressler. Sie stutzt. Sieht genauer hin. Rennt dann freudig auf ihn zu und umarmt ihn von hinten. Bressler zuckt zusammen, erschrickt, wendet sich dann um und erkennt Kessi. Stösst sie weg und geht einen Schritt zurück. Kessi wird sich ihres Übergriffs bewusst.

Bressler   (*heftig explodierend*) Was fällt ihnen …? Du?!!! Mich einfach so zu berühren. Zu berühren! Du. Was fällt dir ein!

Kessi   Entschuldige. Ich wollte dich nicht erschrecken.

Bressler   (*plötzlich normal, freundlich, unverbindlich*) Du, hier, ebenfalls in Baden? Überraschung, Überraschung! Du mich erschreckt?! Nein, nein. Du hast mich nicht erschreckt. Wie könntest ausgerechnet du mich erschrecken! Ich bin mich Berührungen schlicht nicht gewohnt. Und erst recht nicht Berührungen in der Öffentlichkeit. Ich hatte dich nicht sogleich erkannt gehabt. Mein Fehler. Entschuldige, Gret. Kannst du mir noch einmal verzeihen?

Kessi   Ich wollte dir, Hans Günther, nicht zu nahe treten. Spontan musste ich dich einfach umarmen, an mich drücken, wie ich dich da

	stehen sah, so verlassen, alleine. Ich weiss ich bin manchmal zu überschwänglich.
Bressler	Und ich bin – nun ja, nennen wir das Kind beim Namen – etwas verklemmt. Oder etwa nicht. Findest du nicht, dass ich etwas verklemmt bin?
Kessi	Ich verspreche dir, es wird nie wieder vorkommen, dass ich dich so überfalle. – Gefällt dir diese Skulptur?
Bressler	Wie? Ach! Da ist ja eine Skulptur.
Kessi	Ich dachte, du bist versunken in den Anblick von Hans Trudels ‚Flieger'.
Bressler	So, so. ‚Flieger'? Richtig. Ausgebreitete Arme. Flügel. Ein klarer Sog nach oben. – Wo ich geh und steh, klärst du mich auf, wo ich mich befinde. Gibt es einen Stein auf diese Welt, den du nicht zu benennen weisst! Los, los, schiess schon los. Ich sehe dir an, dass du mir über diesen ‚Flieger' ein Geschichtchen zu erzählen weisst.
Kessi	Der ‚Flieger' ist nicht aus Stein. Er ist aus Bronze gegossen. Es ist mir geradezu peinlich, dass ich dir gescheitem Haus immer wieder etwas erzählen kann, das du noch nicht weisst. Nun, ich bin eben von hier. Und der Bildhauer, der diese fantastische Skulptur geschaffen hat, Hans Trudel, ist ein Freund von Nänne, meiner Mutter.
Bressler	Ich stehe in einem schönen Städtchen auf einem hübschen Plätzchen vor einer höchst faszinierenden Skulptur und sehe nichts, nehme nichts wahr. Ich bin eine Witzfigur. Ein Spassvogel. Der im Innersten ganz traurig ist

und ausgebrannt. Der seinem Vater nie das Wasser reichen kann. Ich bin ein Versager. Ich habe Angst. Falls ich je von einem Gestell voller Wünsche angetrieben gewesen war, das Gestell ist zusammengekracht und die Wünsche purzeln wild durcheinander, so dass sie nicht mehr zu erfassen sind. Ich weiss nicht mehr, was ich benötige. Deine Berührung soeben war für mich ein Schock. Ich bin es nicht mehr gewohnt, ernst genommen zu werden. Ich bin – .

Kessi	Du bist der Schriftsteller. Schreib darüber!
Bressler	Das werde ich tun, darauf kannst du Gift nehmen. Wie deine Berührung mich aus meiner Starre hinauskatapultiert – .
Kessi	Im Kino Royal wird 'Pépé le Moko' gegeben. Jean Gabin spielt daran einen Mann, der in Algerien verfolgt wird.
Bressler	Ach, verfolgt! Und danach gehen wir in den Kursaal tanzen.

Szene 3

Alle

Bressler und Kessi befinden sich im Zentrum der Bühne, während die Übrigen sich im Halbkreis in je nach Text verschiedenen Formationen malerisch um die Beiden drapieren, teils die Beiden im Zentrum beäugend, meist jedoch eigenen Gedanken / Tätigkeiten nachhängend. Sobald Bressler sich im Tagebuch-/ Selbstgesprächs-Modus befindet, wendet Kessi sich jeweils von ihm ab. Kessi, Frey und Mohr wechseln abwechselnd oder gleichzeitig in militärische Uniformen und verschwinden kurz, um dann jeweils wieder aufzutauchen und in zivile Kleider zu wechseln. Die Ärzte in weissen Arztkitteln.

Bressler   Du musst mir zugestehen, ich habe mich gebessert. Anlehnung! Ich übe mich in Anlehnung. Wie sie für dich und für mich akzeptabel ist. Bloss keine Kriecherei! Selbst in schwierigen und herausfordernden Lebensumständen ist der aufrechte Gang unbedingt beizubehalten. Im Kino hatte ich mich unmittelbar neben dich gesetzt. Ohne einen Sessel zwischen dir und mir frei zu lassen. Und den Walzer im Kursaal haben wir, abgesehen von ein paar offenen Figuren, geschlossen getanzt. – Deine Berührung auf dem Theaterplatz in Baden hat mir einen Schock versetzt. Ich geriet in einen Ausnahmezustand. Entschuldige, dass ich da so total bedeppert reagiert hatte. Die halbe Nacht bin ich wachgelegen und habe mir Vorwürfe gemacht, dass ich mich ausgerechnet dir gegenüber so unmöglich verhalten habe. Ich bin mich Berührungen nicht gewohnt. Intimitäten waren bei uns zuhause nie ein Thema gewesen. Genauso verpönt wie Berührungen. Die als weibisch angesehen wurden. Daher unbedingt zu vermeiden waren. Um nicht in Verruf zu geraten. Solche Imprägnierungen kann man nicht von einem Tag auf den andern abschütteln. Es zerreisst mich beinahe, dass ich ausgerechnet jetzt kritische Gedanken zu dem hege, was Vatel und auch Mottl mir mit auf den Weg gegeben haben. Verstehe, Berührungen erschrecken mich! Ich verspreche dir, dass ich mir Mühe gebe, mich zu bessern. Um dir zu gefallen. Ich lechze gleichsam nach Berührungen von dir. Bloss von dir. Von niemandem sonst. Berührungen, die mich bis in die Zehenspitzen kitzeln zu geniessen lernen. Gestattest du, dass ich mich an dich anlehne.

Kessi   Ach Hansel! (*sie wendet sich ab*)

Szene 4

Alle

Frey bringt Bressler einen Stapel Briefe.

Bressler   Das Generalkonsulat der USA in Zürich. *3. Mai 1940. Wir bestätigen den Empfang Ihres Schreibens vom 19. April 1940 mit Bezug auf Ihr Gesuch um ein Einwanderungsvisum und teilen Ihnen mit, dass Sie auf Grund Ihrer am 28. November 1938 erfolgten Registrierung unter der deutschen Quote noch mit einer unbestimmten, langen Wartezeit zu rechnen haben bis Ihr Name erreicht wird.* – Ich kann, darf, soll, muss hierbleiben. Nicht sofort nach USA abhauen. Es könnte mir durchaus Schlimmeres widerfahren. Solange die Situation sich nicht weiter zuspitzt. Diesen Brief sorgsam aufbewahren. Zum Beweis für die hiesigen Behörden, dass ich mich vergeblich um Ausreise bemüht habe.

Szene 5

Bressler, Kessi

Sie sitzen bei schönstem Sonnenschein auf der Aussichtsterrasse des Hotels Rigi-Kaltbad, sie mit Kaffee und einem Stück Linzertorte, er mit einem Glace-Becher. Beide sind fröhlich, bis er mit einem Mal einknickt.

Bressler   Ich halte es nicht mehr aus.

Kessi   Schönste Aussicht. Schönstes Wetter. Beste Gesellschaft. Was bläst du Trübsal.

Bressler   Mir ist nicht ums Scherzen. Ich meine es ernst. Ich bin verliebt. Du bist verliebt. Und das, genau das, was ich mir so sehnlichst wünsche, ist für uns eine Katastrophe. Was für andere normal ist, ist für mich – . Ich will dich nicht in mein Schlamassel mit hineinziehen. Wir müssen uns trennen. Ich bin untröstlich. Ich habe noch keiner Menschenseele hier mein Herz ausgeschüttet. Du bist die Erste, die nun erfährt, wie es um mich steht. Das heisst, dem Chef habe ich meine Lage unter dem Siegel der Verschwiegenheit gestanden. Er hat mir versprochen dicht zu halten. Ich will nicht das wandelnde Opfer sein. Auch ich will leben. Leben. Vatel und Mottl waren als Juden geboren. Als ich zur Welt kam, haben sie sich, meine ältere Schwester und mich taufen lassen. Für die Nazis und ihre Rassengesetze bin ich Jude. Verfolgt. Vom öffentlichen Leben in Deutschland ausgeschlossen und hier, wenn jemand den wahren Grund meines Hierseins erfährt, ein unliebsamer Flüchtling. ausgeschlossen. Ich konnte meinen Doktor an keiner Universität in Deutschland mehr machen. Daher kam ich in die Schweiz. Jetzt bin ich hier gestrandet. Zurück kann ich nicht mehr. Es wäre Selbstmord. Mottl und meine übrige Familie in Deutschland haben unsäglich zu leiden, ständig bedroht in ein Konzentrationslager abgeschoben zu werden. Sie sind willkürlichen Gesetzen hilflos ausgeliefert. Ich bin hier Flüchtling. Kann jederzeit ausgewiesen werden. Ich habe keine Perspektive. Darf keine Frau an mich und mein unsicheres Schicksal binden. Besonders nicht dich, die mich so liebevoll in allem unterstützt und mir Lebensmut gibt. Ich bin schon genügend gefordert mit der lotterigen Beziehung zu meiner Dauerverlobten Uschi aus Breslau, die nach England geflüchtet ist, als es noch möglich war und jetzt in London hockt. Eine Verbindung zwischen Uschi und mir ist für mich nicht mehr vorstellbar und doch fühle ich mich ihr gegenüber irgendwie noch ein winziges Bisschen verpflichtet. Und dann muss, MUSS ich mich darum kümmern, vom Migrationsamt eine Einreisebewilligung für Mottl zu erhalten. Sie ist rassisch verfolgt in

	Deutschland und total hilflos. Es ist zum junge Hunde kriegen. Ich kann bald nicht mehr. Glaube mir, liebste Gret, es ist besser, hier und jetzt Schluss zu machen.

Deutschland und total hilflos. Es ist zum junge Hunde kriegen. Ich kann bald nicht mehr. Glaube mir, liebste Gret, es ist besser, hier und jetzt Schluss zu machen.

Kessi   Irrtum. Jetzt gilt es erst recht zu kämpfen. Unmenschliche Gesetze sind eine Herausforderung für uns. Sonst sind wir keine richtigen Menschen. Ich stehe bei dir, Hansel. Ich halte zu dir. Weil ich dich liebe.

Bressler   Weil du mit mir Erbarmen hast. Das ertrage ich nicht.

Kessi   Blödsinn! Was uns bisher verbunden hat, wird weiterhin halten und uns erst recht verschmelzen. Mich stört nichts von dem, was du mir gebeichtet hast. Du bist der Hansel, der mir gefällt und auf den ich unter keinen Umständen mehr verzichten möchte. Welche Bezeichnungen man dir anhängt oder in welche Schubladen man dich steckt, ist mir egal. Ich weiss, du bist es, den ich liebe.

Bressler   Man wird dich nicht verstehen.

Kessi   Da kann ich bloss lachen. Mein Leben gehört mir. Was andere über mich denken, ist ihre Sache. So, und nun iss dein Glace, sonst schmilzt es noch ganz.

Bressler   (*ihre Hände ergreifend, sie küssend*) Gret. Gret. Gret, o Gret!

Kessi   Nächsten Sonntag begleitest du mich nach Rohrdorf. Nach Rohrdorf, wie wir das Dörfchen Oberrohrdorf nennen. Zu meinen Eltern. Schau mich nicht so blöd an! Bis jetzt hatten Peter und meine Schwester Berti meinen Eltern gegenüber dicht gehalten und zuhause nichts darüber verraten, dass wir uns näher gekommen sind.

Mohr tritt, bloss für Kessi sichtbar am Rand ins Rampenlicht, nickt Kessi zu und zeigt ihr mit aus geschlossener Faust erhobenem Zeigefinger, dass sie sich richtig verhalte, was Kessi, als sie Mohr bemerkt, mit Genugtuung zur Kenntnis nimmt.

Kessi	Ich habe genug von dieser Geheimniskrämerei.
Bressler	Ich kann es nicht fassen.
Kessi	Das ist auch tatsächlich nicht notwendig. Iss gescheiter dein Glace. Es schmilzt immer mehr.

Bressler beugt sich über den Tisch, um Kessi zu küssen, wobei eine Ecke seiner eleganten Jacke in den Glacebecher taucht, worauf die Beiden herzlich lachen.

Szene 6

Bressler, Kessi

Die Beiden begegnen sich zufällig im Park von Königsfelden nach Feierabend.

Bressler	So schön, dich zu sehen. Wohin des Weges? Gehen wir zusammen in die Stadt oder zu mir hoch auf meine Bude?
Kessi	Wie geht's dir, Hansel.

Bressler	Gut. Immer wenn ich dich sehe. Und wie geht's dir?
Kessi	So làlà.
Bressler	Es wird schon wieder werden. Was kriecht dir auf deinem Leberchen herum?
Kessi	Zuerst du. Geht es dir tatsächlich gut?
Bressler	Klar. Alles im grünen Bereich. Einen Haufen Arbeit. Daneben meine schriftstellerischen Sachen. Wir müssen dankbar sein, wenn es uns so gut geht. Trotz des Kriegs der draussen tobt.
Kessi	Ja. Ich vermute, du lügst.
Bressler	Ich lüge?! Eine unverschämte Frechheit von dir, mir Lügen zu unterschieben. Ausgerechnet du! Ich bin enttäuscht.
Kessi	Edi hat mir berichtet, dass du einen Brief erhalten hast, der dich total aus der Fassung bringt.
Bressler	Er gebärdet sich wie ein altes Waschweib!
Kessi	Mache deinen Freund Edi nicht runter. Erzähle mir lieber, was dich bedrückt.
Bressler	Mich soll etwas bedrücken!
Kessi	Hansel, so geht es nicht. Du sollst Vertrauen zu mir haben. Du sollst dich mir gegenüber öffnen. Keine Sorge, ich leide nicht unter dem Helfersyndrom. Ich bin froh, wenn ich nicht in fremde Angelegenheiten hineingezogen werde. Doch ich spüre, dass dich etwas bedrückt. Wenn unsere Liebe tatsächlich zum Tragen kommen soll, musst du dich mir öffnen.
Bressler	Hobby-Psychologin! Entschuldige. Ich, ich, ich … Verdammt! Meine Kehle ist wie zugeschnürt.
Kessi	Überwinde deine Angst.

Bressler	Ich bin schrecklicher als ein kleines, unverständiges Kind. Ich verdiene es nicht, dass du so gut zu mir bist.
Kessi	Was bedrückt dich, Hansel.
Bressler	Als ob es mit einem Wort gesagt ist! Mein unsicherer Aufenthalt hier. Der ständige Papierkrieg. Die ständige Ungewissheit, plötzlich die Schweiz verlassen zu müssen. Dann die Sorge um Mottl. Meine Verwandten in Deutschland. Ich darf nicht daran denken. Sonst drehe ich durch.

Kessi umarmt Bressler, drückt ihn fest an sich. Die Beiden küssen sich.

Bressler	O würde doch das selige Geniessen dieses Augenblicks alles Widerwärtige aus meinem Leben zum Verschwinden bringen.
Kessi	Was genau?
Bressler	Ich bin aus meiner Bude geflüchtet vor den drei Formularen, die ich für Bern ausfüllen soll. Manchmal halte ich es schlicht nicht mehr aus.
Kessi	Komm! In deine Bude. Ich fülle deine Formulare aus.
Bressler	Das würdest du für mich tun?
Kessi	Nicht für dich, Knallkopf. Ich habe einen neuen Füller. Einen wunderbaren Parker-Füller aus Sterling Silber. Ihn muss ich ausprobieren.
Bressler	Zeig mir das Stück!
Kessi	Nicht hier. Oben in deiner Bude.

Szene 7

Bressler, Frey, Mohr, Kielholz

Frey   Freudenbotschaft. Post aus der Hauptstadt.
              Bestimmt   die   Verlängerung   deiner
              Aufenthaltsbewilligung.
Bressler   (*mit   Entsetzen*) *Bern,   29.   August   1940.*
              Erstreckung der Frist zur Ausreise aus der Schweiz.
              Die angesetzte Frist zur Ausreise wird erstreckt bis
              31. Dezember 1940 zwecks Vorbereitung der
              Auswanderung und Betätigung als Assistenzarzt in
              der Heil- und Pflegeanstalt in Königsfelden. Die
              eidgenössische Fremdenpolizei ist bereit, auf ein
              Fristerstreckungsgesuch einzutreten, sofern der
              Gesuchsteller nachweist, dass es ihm trotz aller
              Bemühungen nicht gelungen ist, auf den Ablauf der
              Frist legal auszureisen, und sofern sein Verhalten in
              keiner Weise zu Beanstandungen Anlass bot. … Es
              wird dem Emigranten in Erinnerung gerufen, dass
              er gemäss Art. 11, A1.2 des Bundesratsbeschlusses
              vom 17. Oktober 1939 jede sich bietende legale
              Ausreisemöglichkeit <u>unverzüglich</u> zu benützen hat.
              Dieser Ton, diese harsche Formulierung, bloss
              die Monate – und dann fängt das ganze
              Theater und Bangen wieder vor vorne an.

Bressler rennt zu Mohr und streckt ihm in grösster Erregung das
Schreiben entgegen.

Bressler   Lies!

Mohr und Bressler rennen zu Kielholz, der gerade im Gespräch mit
Kessi ist. Mohr streckt Kielholz das Schreiben entgegen.

Mohr	Chef, was sagen sie dazu?!!!
Kielholz	(*nachdem Kielholz das Schreiben überflogen hat, reicht er es an Kessi weiter*) Wie stellen es sich diese Bürokraten in Bern vor? Dass wir, wo ein Teil der Ärzte immer im Aktivdienst im Militär ist, nichts anderes zu tun haben, als permanent Gesuche zu begründen, Formulare auszufüllen. Diese Art der Verlängerung ist auch für uns eine Zumutung, wenn man nie richtig planen kann. Ich habe deutsch und deutlich geschrieben wie notwendig ihre Tätigkeit hier ist und habe meinem Schreiben ein brillantes Arbeitszeugnis hinzugefügt. Torenbuben, alle! Ich kümmere mich darum. Ich mache gleich denen in Aarau die Hölle heiss. Dem Aargauischen Polizeigewaltigen Oberst Zumbrunn und dem Regierungsrat Siegrist. Schwester Marga, Gehen sie zu ihrem Telefonapparat und stellen sie eine Verbindung zu Zumbrunn her und verbinden sie mich.

Kessi umarmt Bressler zärtlich und küsst ihn. Kielholz beobachtet dies erstaunt. Sieht dann Mohr fragend an, mit einer Geste, ob die Beiden etwas zusammen haben. Der nickt lachend, Worauf auch Kielholz mimisch zu verstehen gibt, dass das ihm gefällt. Kielholz und Mohr treten zurück an den Rand, während Bressler alleine in die Bühnenmitte gehen.

Szene 8

Bressler, Berger, Lisak, Bressler, Kessi, später auch Kielholz, Mohr und noch später Pritzker

Bressler befindet sich alleine in seiner Bude und blättert in alten Briefen. Er wird von der Seite her scharf beobachtet von Berger und Lisak, die zusammen flüstern. Nach einiger Zeit gesellt Pritzker sich zu Berger und Lisak und vergewissert sich, was Berger und Lisak so scharf beobachten.

Berger	Ich habe beobachten können, wie der Bressler der Schwester Marga in der Eingangshalle vor allen Leuten …
Lisak	Hinter einer Säule. Versteckt. Und es war niemand sonst in der Halle. Ausser dir. Und mir. Doch mich hast du nicht wahrgenommen.
Berger	Jeden Moment hätte jemand dazu kommen können. Er hat sie geküsst.
Lisak	Eifersüchtig, dass ein Arzt sich mit einer gewöhnlichen Laborantin und Chefsekretärin einlässt, anstatt mit dir, der Ärztin. Ja, ja, die beiden haben etwas zusammen. Jetzt ist es offensichtlich. Sie hat sich ihn geschnappt.
Berger	Umgekehrt, Töchterchen aus besseren Kreisen angelt sich Deutschen. Muss unbedingt etwas Besonderes haben. Ein gewöhnlicher Schweizer tut es ihr nicht. Wenn sie damit bloss nicht auf ihr hübsches Näschen fällt. Sie ist ihm hörig, weil er so ein fescher Charmeur ist. Dabei nutzt er sie aus. Für ihn ist diese Beziehung ein Sechser im Lotto. Wart's nur ab, Schwester Margalein, bis die Demaskierung kommt und seine hässliche Fratze hinter der hübschen Maske hervorspringt. Dann stehen wir dir nicht mehr zur Verfügung, um dich heulendes Elend zu trösten! Dann sagen wir, ätsch, selber schuld, weshalb hast du es nicht früher bedacht! Dass der Herr Gemeindeammann

Kessi, der weit herum bekannt ist als integrer Politiker, es zulässt, dass seine Tochter sich mit einem Deutschen, ausgerechnet einem Deutschen, einlässt! Schliesslich ist die Tochter von Herrn Gemeindeammann Kessi nicht irgendwer. Selbst wenn sie hier als gewöhnliche Laborantin und Chefsekretärin arbeitet.

Pritzker   (*kommt hinzu, bekommt die letzten Worte mit und schüttelt seinen Kopf*) Berger, du Lästermaul, kannst du es wieder einmal nicht lassen, gegen Bressler zu sticheln.

Lisak   (*lachend*) Er gibt's dir, Bergerin!

Berger   Ich lästere nicht. Ich stelle die objektive Frage, wie kann sich eine anständige Frau heute mit einem Staatsangehörigen unseres Feindes, Deutschland, einlassen.

Pritzker   Die deutsche Politik und Kriegsführung und Menschen aus Deutschland sind zwei verschiedene Paar Schuhe.

Berger   Ach, der Pritzker! Selbst Ausländer. In dieser Frage überhaupt nicht objektiv! Es geht um unsere nationalen Interessen. Da ist jeder Bürger, jede Bürgerin gefragt.

Lisak   Hook, ich habe gesprochen.

Berger   Mach dich bloss lustig über mich, Kolleglein. Wer zuletzt lacht, lacht am besten. In dieser Geschichte Bressler – Schwester Marga gibt's kein Happy End.

Kessi überrascht Bressler zu später Stunde in dessen Bude. Sie trägt ein Paket bei sich. Die andern rundherum verstummen. Pritzker wendet sich ab, Berger und Lisak schauen genau hin.

Kessi	So, das Pack ist geschnürt. Schreib du nun die Adresse von Mottl drauf.
Bressler	Du musst mir noch sagen, was ich dir schulde.
Kessi	Lass.
Bressler	Nein, mein Goldfasan, so geht es nicht. Das Kilo Dauerwurst, das halbe Kilo Schokolade und das halbe Kilo Käse, alles zusammen bestimmt zwanzig Franken.
Kessi	Sechzehn Franken fünfundsiebzig, wenn du es genau wissen willst. Nänne hat mir neulich ein Zwänzgernötli in die Hand gedrückt, als ich ihr von deinen Liebesgabenpaketen an deine Mottl und deine Schwester Ilse und etliche weitere Verwandte in Deutschland berichtet habe. Bei deinem Löhnli von 300 Fränkli.
Bressler	Immerhin 300 Franken!
Kessi	Was ist das schon!
Bressler	So kann nur ein verwöhntes Mädel sprechen. – Deine Mutter, Nänne, ist so gut zu mir.
Kessi	Weil sie an dir, dem Landsmann ihres geliebten Heine, den Narren gefressen hat!
Bressler	Die Gute!
Kessi	Und Vatter als ehemaliger Politiker hatte dir ja genau erklärt, wo und wie du argumentieren sollst beim Gesuch für die Einreise von Mottl in die Schweiz.
Bressler	Ich seid so gut zu mir. Ich liebe deine Eltern. Wie sie leben. Bodenständig. Dennoch so offen und unkompliziert. Und ich habe sogar Gottfried Kellers ‚Das Fähnlein der sieben Aufrechten' gelesen, weil Vatter, der Kanonier im ersten Weltkrieg und stolzes Mitglied des Schützenvereins Rohrdorf, so davon

geschwärmt hat. – Willst du hören, was Mottl mir als Antwort auf meine Postkarte an sie von der Rigi geschrieben hat? *Deine letzte Karte vom Rigi erhielt ich am Zweiten. Warum ist Kindermädchen so schüchtern? Ich hätte mich über einen Gruss von ihr gefreut. So grüsse sie denn von mir und sage ihr, sie möchte sich um das grosse Kind kümmern und sehen, dass es auch während des Alltags manch angenehme Abwechslung hat.* (*Breslau, 6. August 1940*) Anzufügen bleibt, ich hatte in einem Brief an Mottl dich als mein Kindermädchen bezeichnet. Vielleicht solltest du ihr auch einmal schreiben. Denn sie weiss von mir, welche Unterstützung ich von dir und Nänne und Vatter habe bei meinem Gesuch, für sie eine Einreiseerlaubnis in die Schweiz zu erhalten. Sie schreibt so wunderschöne Briefe. *Ich rate Dir dringendst, keine Minderwertigkeitsgefühle aufkommen zu lassen, das ist bei Dir nicht am Platze. ... Du vergisst, dass Vatel fast 40 Jahre älter als Du war. Und ich kann Dir nur wieder versichern, dass Vatel stolz auf Dich und Dein Werden war und desto unglücklicher über die Trennung. Also, liebster Bub, das Selbstbewusstsein wird schon wieder kommen, Du warst ja sonst nicht so. Und was Deine Verlängerung anbetrifft, so hoffe ich auch zuversichtlich, dass dieselbe gewahrt wird. Ich habe Vatel schon immer und immer wieder gebeten, er solle nicht fürchten, sondern glauben und hoffen. Und so sollst Du es auch machen. Ich rate Dir, Dich weiter an Fräulein Kessi zu halten, mit ihr zu promienieren, Gedanken zu tauschen, damit Du auf*

*andere Gedanken kommst. … Und nächstens wirst
Du wohl auch Deine Winterwäsche und
Wintersachen tüchtig einmotten? (Breslau, 6. Mai
1940)*

*Aus der Ferne ist der Fluglärm eines über das Gebäude fliegenden
Geschwaders zu hören. Kurz danach ertönt eine Sirene. SBressler
und Kessi horchen auf. Die übrigen rundherum regen sich ebenfalls,
Pritzker ist bereits zuvor verschwunden.*

Kessi	Fliegeralarm. Rasch, rasch, komm, komm. Wir müssen zum Besammlungsort in der grossen Eingangshalle.

*Alle, ausser Pritzker, versammeln sich in der grossen
Eingangshalle. Mohr trägt ein Handfunkgerät bei sich und spricht
hinein. Kielholz stösst als Letzter hinzu.*

Bressler	Fliegeralarm. Unser erster ernster Alarm. Wenn's bloss nicht die Deutschen sind.
Kessi	Spitäler sollten sie nicht bombardieren.
Bressler	Keine Übung mehr, anscheinend Ernstfall. – Phuuuu! Keine Panik. Nun bekommen wir endlich mit, was der Ernstfall bedeutet. Spannend.
Kielholz	Sie wissen, was nun ihre Aufgaben sind.
Berger	Der Pritzker hat Wache auf dem Kirchturm in luftiger Höhe und hat mit seinem Feldstecher wohl ….
Mohr	Genau. Er hat den Alarm ausgelöst. Pritzker glaubt, englische Flugzeuge erkannt zu haben. Wohl auf dem Weg nach Italien und deutschem Bodensee. Mehrere Geschwader

hinter einander. Nun scheint es wieder ruhig zu sein. Grundsätzlich Entwarnung. Doch daran müssen wir uns gewöhnen. Wären's deutsche Flieger wüssten wir nicht so genau, was wir zu erwarten haben. (*Vorfall ausgeschmückt aufgrund von Tagebucheinträgen vom 15. und 19. August 1940*)

Szene 9

Bressler, Pritzker, Frey, dann Kessi, später Mohr, noch später Kielholz.

Bressler ist bei seiner Arbeit in seinem Büro. Pritzker arbeitet an einem Schreibtisch in der Nähe. Frey erscheint, wirft Pritzker und Bressler je ein paar Briefe auf deren Schreibtische, übergibt Bressler einen separaten Brief zusätzlich und schneidet dabei eine Grimasse.

Bressler   (*munter und jovial*) Mein lieber Edi, wenn du mir solche Briefe überbringst, würde ich dich am Liebsten erwürgen. Weshalb lässt du sie nicht einfach verschwinden! Und es gäbe diese Briefe für mich nicht mehr.

Frey geht grinsend weiter. Pritzker achtet nicht weiter auf Bressler. Bressler reisst den Brief auf, entnimmt ihn dem Briefumschlag, überfliegt den Inhalt, knickt zusammen mit einem Ausdruck der Verzweiflung. In dem Moment tritt Kessi beschwingt hinzu.

Kessi   (*fröhlich zu Beginn, dann, als sie Bresslers Stimmung wahrnimmt, zusehends langsamer und nüchtern*) Hansel, Hansel, Überraschung

	Überraschung, ich habe von Leni Karten fürs Opernhaus Zürich b e k o m m e n … – Was ist?
Bressler	Da. Lies.
Kessi	Nein, nicht schon wieder! Glauben sie in Bern und Aarau wir haben nichts anderes zu tun, als ständig unzählige Formulare für sie auszufüllen. Mir hängt es aus. Jetzt habe ich die Nase voll. Es reicht. Wir heiraten!

Bressler sieht Kessi entgeistert an. Pritzker horcht auf und signalisiert Kessi, die zufällig auch zu ihm hinschaut, mit einer Geste, dass er den Vorschlag gut findet.

Bressler	Unsinn. Das kann ich dir nicht antun. Und aus Mitleid lasse ich mich nicht heiraten. Komm wieder zu Sinnen. Heiraten geht schlicht nicht. Ich kann und darf nicht heiraten und damit eine Frau ins Unglück stürzen.
Kessi	Von wegen. Du wirst noch sehn.

Mohr kommt hinzu.

Mohr	Da treffe ich euch ja alle beisammen. …
Kessi	Hansel und ich heiraten!
Bressler	So ein Quatsch!
Mohr	So, so.
Bressler	Ich versuche, es ihr auszureden. Doch wenn sie sich etwas in den Kopf gesetzt hat …
Mohr	Die Idee finde ich recht gut. Doch scheint mir … - . Kommt zusammen in mein Büro.

Pritzker ab. Mohr, Bressler, Kessi verlassen Bresslers Büro und gehen durch Korridore.

Mohr	Dass ihr beiden Turteltäubchen heiraten wollt, ist nichts weiter als logisch. Eine Heirat ist ernsthaft zu bedenken. Zu bedenken, sage ich. Geschickt würde es ich es finden, sich in dieser Angelegenheit von einem Rechtsanwalt beraten zu lassen. Ich habe einen guten Freund, Fürsprecher Blumenstein in Bern, der auf Fremdenrecht spezialisiert ist. Ich werde ihn fragen, ob er mit dir, Hans Günther, ein Gespräch führen und dich beraten kann. Und vielleicht ist es den Behörden gegenüber sogar gut, ein Zeichen zu setzen, indem ihr euch jetzt sogleich zumindest verlobt. Nützt's nichts, schadet's nichts. Blumenstein sieht dann, dass ihr es tatsächlich ernst meint und wird euch umfassend beraten.

Kielholz trifft auf Mohr, Bressler und Kessi. Nach den ersten Worten von Kielholz bleiben Mohr und Kielholz zurück, während Bressler und Kessi ihrer eigenen Wege gehen.

Kielholz	Guten Tag allerseits. Gut, dass ich sie treffe, Herr Collega. Ich möchte mit ihnen etwas besprechen. (*unter vier Augen*) Herr Collega, darf ich es wagen, etwas Persönliches anzusprechen? Es geht um die nun offensichtliche Beziehung zwischen Schwester Marga, ihrer Schwägerin, und Bressler. Nicht dass sie mich falsch verstehen. Ich finde es toll, dass diese Zwei sich gefunden haben und ich wünsche Beiden alles Glück auf dieser Erden. Doch bezweifle ich, ob alle unsere lieben Mitmenschen bereit sind, in solchen Zeiten eine solche Beziehung, ausgerechnet zwischen einem Deutschen und einer Schweizerin,

	gelassen hinzunehmen. Es hat sich hier wie ein Lauffeuer verbreitet, dass die Beiden etwas zusammen haben. Schwester Marga könnte Anfeindungen ausgesetzt sein, schlimmem Gerede und brüskierenden, ablehnenden Reaktionen.
Mohr	Gret, Schwester Marga, hat das Glück nicht alleine dazustehen. Ihre Familie steht voll und ganz hinter ihr und unterstützt das Paar, wo sie nur kann. Um Gret mache ich mir nicht die geringsten Sorgen. Sie hat eine robuste Natur. Ist nicht so schnell aus der Fassung zu bringen.

Mohr und Kielholz ab. In der Bühnenmitte treffen nun Frey und Pritzker zufällig aufeinander.

Frey	Entschuldigen sie, Herr Doktor, dass ich sie etwas Persönliches frage. Ich bekomme ja mit, wie Hans Günther, Herr Doktor Bressler, mit privaten Briefen überschüttet wird. Ich kann mir sehr wohl vorstellen, dass einige dieser Briefe schlechte Nachrichten enthalten. Wenn ich, wie jetzt, gerade auf Heimurlaub bin und meiner Arbeit auf der Verwaltung der Klinik nachgehe, unternehmen, wie sie ja wissen, Herr Doktor Bressler und ich Einiges in unserer Freizeit zusammen. Jassen. Velotouren. Schwimmen. Neulich hat er mich aufgefordert, mit ihm zusammen mit dem Velo nach Rohrdorf zu reisen, wo Gret, Schwester Marga, bei ihren Eltern in ihrem wunderbaren Elternhaus in Ferien ist, um sie zu ihrem Geburtstag zu überraschen. Es hat geschifft, wie es nur schiffen kann. Wir sind pflotschnass in Rohrdorf bei den Kessis angekommen. Es

war sauglatt gewesen. Amman Kessi hat uns noch und noch sauren Most aus eigener Produktion kredenzt und uns aufgefordert, tüchtig zu trinken. Schwester Marga und die Kessis haben sich riesig über unseren Besuch gefreut. Auf dem Heimweg hatten wir dann mehr Glück. Kein Regen mehr. Der Mond hat geschienen. Wir verbringen viel Zeit zusammen, fröhlich und total entspannt. Herr Doktor Bressler lässt sich nie etwas von Schwierigkeiten anmerken. Spricht auch nie über Schwierigkeiten. Selbst bei dem lästigen Verlängerungskram mit Arbeits- und Aufenthaltsbewilligungen, den ich zwangsläufig mitbekomme, grinst er locker. Tut so, als ob es ihn nichts angeht. Wenn ich mal versuche, ihm meine bescheidene Hilfe anzubieten, weil ich doch ahne, dass nicht alles ganz so rund läuft, winkt er grinsend mit einem seiner lustigen Sprüche ab. Dabei möchte ich ihm so gerne helfen bei Dingen, wo ich ihm helfen kann.

Pritzker Ich mache die gleichen Erfahrungen wie sie, Bürolist Frey. Die grösste Hilfe sind wir Bressler, wenn wir bei der Arbeit kein Aufhebens um seine Person und seine besondere Situation machen, ganz normal mit ihm verkehren und ihm zeigen, wie lieb uns das gesellige und unbeschwerte Zusammen-sein mit ihm ist und wie wir ihn mögen. Zudem hat er ja jetzt seine Verlobte. Die Gret. Und sie und Mohr und ihre Familie und selbst der Chef unterstützen ihn, wo sie nur können.

Pritzker und Freys trennen sich. Lisak und Berger beobachten noch immer vom Rand her, wie Bressler und Kessi in der Bühnenmitte zusammen schäkern.

Lisak	Wenn sie schon zusammen sind, weshalb heiraten sie nicht! Ich meine, es ist doch nichts als anständig zu heiraten, wenn man schon so verliebt ist. Sonst gerät ein anständiges Mädchen schnell in Verruf.
Berger	Zumindest tun sie verliebt. Und angeblich sollen sie sich sogar verlobt haben. Vermutlich nutzt er sie bloss aus und lässt sie dann sitzen. Solche Geschichten kennt man zur Genüge.

Szene 10

Bressler, Kessi

Bressler bekommt von Frey an seinem Arbeitsplatz einen Brief überreicht. Reisst den Umschlag auf, entnimmt den Brief, liest ihn und rast los ins Labor zu Kessi.

Bressler	Da haben wir den Salat. Mit unserer Heirat ist Essig. Die Nachteile für dich sind katastrophal. Fürsprecher Blumenstein sagt es klar und deutlich. Du verlierst nach dem in der Schweiz geltenden Recht dein Schweizerisches Bürgerrecht. Solange du aber hier bleibst, behältst du im Gegensatz zu mir das Niederlassungsrecht in der Schweiz

unabhängig von meiner Aufenthaltsbewilligung. Sobald du aber die Schweiz mit
mir verlassen würdest, so wirst du für eine
allfällige Wiedereinreise als Emigrantin
behandelt. Diese Praxis scheint selbst
Blumenstein unsinnig. Doch sie sei nun mal so.
Unsere Verlobung, selbst eine für dich mit
unsinnigen Konsequenzen verbundene Heirat,
und meine mehrjährige Arbeitstätigkeit hier
ändern nichts an meinem Flüchtlingsstatus. Es
kommt nicht nur darauf an, dass ich mich um
Ausreise bemühe, selbst wenn ein Land
erklären würde, Deutsche ohne weiteres
aufzunehmen, würde ich sofort ausgewiesen
werden. (*gemäss Brief vom 8. November 1941*)

Kessi   Ich verstehe die Welt nicht mehr.

Bressler   Und ich denke bloss, was für ein Glück ich
habe, dass du, mein Goldfasan, der Chef, die
Mohren und Nänne und Vatter mich so
unterstützen und sich für mich und auch für
Mottl einsetzen. Was geschieht mit den vielen
Flüchtlingen, die keine solche Unterstützung
haben! Zumindest meint Blumenstein, dass die
Chancen, eine Einreisebewilligung für Mottl zu
erhalten, nicht schlecht stehen.

Kessi   Ich halte dich, mein Hansel, so fest, dass keine
Schweizer Apparatschiks dich je an die Grenze
werden stellen können. Auch der Chef kämpft
wie ein Löwe um dein Hierbleiben. Nänne und
Vater haben sich bereit erklärt, Mottl in
Rohrdorf aufzunehmen und für alle Kosten
aufzukommen. Du wirst sehn, es wird alles gut
kommen.

Bressler	Mein Goldfasan!
Kessi	Mein Hansel!
Bressler	Hast du bemerkt, ich zucke nicht zusammen und schrecke nicht mehr zurück, wenn du mir total nahe kommst. Und ich erzähle dir sogar ganz freiwillig Dinge, über die ich unbedingt nicht sprechen möchte. Ganz bevor du dich veranlasst sehen musstest, inquisitorisch in mich einzudringen. Heute musste ich ein Gesuch eines Rechtsanwalts aus Breslau unterschreiben und zurück an Mottl senden. Mein Verzicht auf Vatels Erbschaft. Ich darf von Vatel nichts erben. Als Volljude nach den Rassegesetzen der Nazis fällt Erbe, das ich erhalte, an den Räuber-Staat. Wenn ich meinen Erbteil von Vatel ausschlage und meine Schwester ebenso, fällt das väterliche Erbe an die Kinder meiner Schwester, Ilsetrautchen und Pimmer, die – weil sie einen arischen Vater haben – privilegierte Mischlinge sind und erben dürfen! Mottl schrieb so lieb: *Ich glaube gern, dass Dir Vieles unklar ist, aber alles verstehen, heisst alles verzeihen. Es ist nun mal so das Beste, mein guter Junge. Ich bin nur neugierig, wann ich endlich mal etwas zur Ruhe kommen werde! ... Und was machst Du, mein geliebter Junge? Immer Köpfchen hoch, alter Knabe!* (Breslau, 1. Juni 1940)
Kessi	(*singt eine Liedstrophe*) *Jaj Maman Bruderherz* *Ich kauf mir die Welt* *Jaj Maman* *Was liegt mir am lumpigen Geld!* *Weisst du* *Wie lange noch der Globus sich dreht*

Ob es nicht morgen schon zu spät!

> *(Aus der Czardasfürstin – 1915 – von Emmerich Kálmán, Leo Stein / Bela Jenbach)*

Bressler   *(singt eine Liedstrophe) Bin nur ein Jonny,*
Zieh' durch die Welt,
Singe für money
Tanze für Geld …
Bin nur ein Nigger
Und kein weisser Mann reicht mir dir Hand
Aber die Ladies finden mich pikant, interessant!

> *(Aus die Blume von Hawaii – 1931 – von Paul Abraham und Alfred Grünwald / Fritz Löhner-Beda)*

Szene 11

Bressler, Kessi

Bressler in der Bühnenmitte. Der Zeitenlauf zwischen den einzelnen Textpassagen ist bildlich umzusetzen, indem Bressler entweder im weissen Arztkittel an seinem Schreibtisch hockt oder ohne weissen Arztkittel gemütlich in seiner Bude ist, wo Kessi ihn besucht. Es beginnt mit Bressler in seiner Bude zusammen mit Kessi.

Bressler   Mottl schreibt, dass sie von mir eine kurze Bestätigung meiner hiesigen Bemühungen um ihre Einreise in die Schweiz benötigt, um sie im Bedarfsfall bei Behörden vorweisen zu können. Von sich aus wird sie nicht zu Behorden gehen.

Folglich wurde sie bereits zu Behörden zitiert oder befürchtet, weil sie Ähnliches von Bekannten gehört hat, zitiert zu werden. Wie sie dort wohl behandelt wird, von den Leuten die Juden als Ungeziefer betrachten! Die Ärmste. Ich darf es mir nicht vorstellen. Mottl hat auch nach der Anschrift von Nänne und Vatter gefragt, um ihnen schriftlich danken zu können für ihre Güte, sich für sie und mich so einzusetzen.

Kessi   Vatter und Nänne würden auch deutschen Behörden gegenüber jederzeit bestätigen, dass sie bereit sind Mottl aufzunehmen und für ihre Lebenskosten aufzukommen.

Zeitenlauf. Bressler im weissen Arztkittel an seinem Schreibtisch sitzend ergreift den Telefonhörer und ruft Kessi an.

Bressler   (*am Telefon*) Soeben hat Lisak mir erzählt, er habe aus einer Radionachricht gehört, dass in der Schweiz demnächst alle ‚Emigranten' in Arbeitslager verbracht würden. Ich bin erschlagen. Das haut mich um. (*gemäss Tagebucheintrag von Hans Günther Bressler vom 23. Februar 1941*)

Kessi   (*am Telefon*) Hansel, ach, Hansel, falle nicht auf jeden Mist rein. Bevor wir es nicht schwarz auf weiss haben, ist es bloss ein blödes Gerücht. Und sollte es wahr sein, dann werden sie uns kennen lernen! Schliesslich hast du auf Anraten des Chefs bei Regierungsrat Dr. Sigrist in Aarau wegen deiner Arbeitstätigkeit hier in Königsfelden vorgesprochen. Er hat dir versichert, dass aus seiner Sicht du in Königsfelden, auch wegen des Krieges und der Abwesenheit von Ärzten, die im Militärdienst sind, unverzichtbar bist. (*gemäss Tagebuch 10. Juni 1941*) Wir treffen uns später über Mittag im Strandbad Brugg. Kaufe dir für den Eintritt ins Strandbad gleich ein Saisonabonnement. Es kostet nicht alle Welt und ist auf Dauer günstiger als Einzeleintritte. Edi, Pritzker und die andern werden bestimmt auch da sein.

Zeitenlauf. Bressler und Kessi in Bresslers Bude.

Bressler	Ich glaub' es nicht, ich glaub' es nicht. Diese Sadisten.
Kessi	Was ist jetzt schon wieder!
Bressler	Mottl schreibt (*am 12. April 1941*): *Anna ist traurig Dir keine Karte schicken zu können und sendet Dir herzliche Grüsse. Sie verlässt mich nun zum Monatsende. Wir sind beide sehr traurig darüber, es geht aber nicht anders. Und wie hast du die Feiertage verlebt?* Anna ist die langjährige, zufällig halt rein arische, Hausangestellte von Mottl. Dann stimmt es also, dass ein neues rassistisches Gesetz in Deutschland ‚Juden' verbietet arische Hausangestellte zu beschäftigen. Unglaublich, was den Nazis als Schikanen alles einfällt. Mein geliebtes Deutschland wird zum ärgsten Polizeistaat!

Szene 12

Bressler

Bressler steht alleine an der Rampe, liest einen Brief nach dem andern in zunehmender Verzweiflung..

Bressler   Mottl schreibt am 30. Juli 1941: *Ich hatte vergangene Woche viel Unruhe. Ich habe zwei Zimmer leer gemacht und 3 Damen bei mir aufgenommen. Es ging nicht anders. … Mit Fräulein Fanta, die mir von unserer Gemeinschaft als Haushalthilfe vermittelt wurde, werde ich nicht warm, so viel Mühe ich mir gebe. Sie ist sehr hysterisch. …*

Bressler schmeisst den Brief weg und kommt zum nächsten Brief.

Bressler   Die herrschaftliche und schöne Wohnung von Mottl an der grossbürgerlichen Steinstrasse im Zentrum von Breslau wurde von Nazi-Behörden im Zuge anti-jüdischer Massnahmen requiriert. Mottl wurde aus ihrer Wohnung raugeschmissen. Kann bei Professor Lichtensteins in deren Wohnung Unterschlupf finden. Breslau, 19. August 1941: *Bei Professor Lichtensteins sind wir nun 7–8 Personen und Ilse hat nun auch mein Zimmer kennen gelernt. … Ein Glück, dass du Gret und ihre Familie hast. Vergiss neben der neuen Verwandtschaft nicht Deine Mottl.*

Bressler schmeisst den Brief weg und kommt zum nächsten Brief.

Bressler	*Breslau, 18. September 1941: Heut wollt' ich Dir nur mitteilen, dass Du Dich nicht wundern sollst, wenn ich diesmal vielleicht eine grössere Pause eintreten lasse, ehe ich Dir wieder schreibe. Ich habe natürlich meine Gründe. Also, ängstige Dich nicht, ich bin gesund und freue mich über jedes Lebenszeichen von Euch. ... Und was macht Gritli? ... Das Wetter ist weiter miserabel, kalt und regnerisch. Am liebsten mochte man heizen. Mein Zimmer ist tüchtig kalt, ein Balkonzimmer nach Hof und Garten, das frühere Schlafzimmer von Professors, in dem ich mich aber den ganzen Tag aufhalte. Meine Möbel und die Bibliothek sind gut bei Illeken in Hirschberg angekommen. Illeken hatte viel Arbeit damit* Illeken, so nennt Mottl mein Schwesterchen Ilse liebevoll. Sie kann offensichtlich irgendwie überleben in ihrer Villa mit Park in Hirschberg. Wohl weil ihr Mann, Karl, Arier ist und sich trotz Aufforderung durch die Nazi-Behörden geweigert hat, sich von ihr zu trennen.

Bressler schmeisst den Brief weg und kommt zum nächsten Brief.

Bressler	Breslau, 10. Oktober 1941: *Ich bitte Dich vorläufig die Briefe an Ilse zu senden, die sie mir dann nachsenden wird. Sobald ich meine neue Adresse weiss, teile ich sie Dir mit. Wir müssen in den ersten Oktobertagen die Wohnung verlassen, wissen aber noch nicht unseren neuen Wohnsitz. Wundere Dich, bitte, nicht, wenn meine Nachrichten vorläufig spärlicher kommen, schreibe*

Du aber, bitte, weiter fleissig. Du weisst wie ich mich freue. Sorge Dich nicht, ich bin soweit gesund.

Bressler schmeisst den Brief weg und kommt zum nächsten Brief.

Bressler   Breslau, 10. Oktober 1941: *Deine Briefe geben mir immer etwas Lebensmut und das ist gut so. Ich freue mich so sehr über Euer Glück, das Euch stets erhalten bleiben möge. ... Nun bekam ich heut die Nachricht, dass es morgen nach Kloster Grüssau bei Landeshut in Schlesien geht. Somit wisst Ihr nun meine neue Adresse, die Ihr von nun an anwenden könnt.* Grüssau. Das Kloster Grüssau eine der bedeutendsten Barockanlagen Europas, erbaut unter den Piastenfürsten. In Landeshut. In Landeshut hatte die Familie von Mottl Textilwebereien besessen. Und Mottl betonte immer, ihre Familie sei keine Schänderin gewesen, wie die Webereibesitzer in Gerhart Hauptmanns ‚Die Weber' geschildert sind. Was soll das, Mottl im Kloster Grüssau!

Bressler schmeisst den Brief weg und kommt zum nächsten Brief.

Bressler   Der Briefumschlag trägt den Stempel: Grüssau, Kreis Landeshut Schlesien. Auf der Rückseite des Briefumschlages ein Klebeband mit zwei roten und zwei schwarzen Stempeln und dem gestempelten Schriftzug ‚Geöffnet'. In der Mitte ein Stempel mit dem Bild eines Adlers mit ausgebreiteten Flügeln über einem Hakenkreuz im Lorbeerkranz. Die schwarzen Stempel tragen den Schriftzug

‚Oberkommando der Wehrmacht', die roten ‚Geprüft Oberkommando der Wehrmacht'. Anschliessend an den Absender – in der Handschrift der Briefeschreiberin – steht in fremder Handschrift geschrieben: ‚Enthält nach Angaben des Absenders keine Devisen: Einlieferer Herbert Salomon Korack', daneben Stempel: ‚Grüssau' und Parafierung mit nochmals anderer Handschrift und Tinte, daneben kleine Stempel mit Zahlen. Mottl kann die Briefe nicht selber zu einer Post bringen. Und dann die Zensur in höchster Potenz! Mottl schreibt, Grüssau 31. Januar 1942: *Wie steht es eigentlich mit Eurer Heirat? Habt Ihr Eure Papiere noch nicht zusammen oder habt Ihr bestimmte Gründe noch zu warten? Wie verhält sich der Chef dazu?*

Bressler schmeisst den Brief weg und kommt zum nächsten Brief.

Bressler   Grüssau, 20. Februar 1942: *Du beklagst Dich, dass meine Briefe viel später, als sie von mir datiert sind, hier abgehen – oft erst nach 5 Tagen. Ja, wer kann dafür? Mich trifft jedenfalls keine Schuld und ich bedaure es ohnehin, Dir nicht öfter schreiben zu können. Du weisst aber auch, dass meine Gedanken trotzdem stets bei Dir sind, und dass ich mich freue über Dein Tun und Lassen genau orientiert zu sein. Es interessiert mich alles nur zu sehr. Nun bin ich durch Deine Andeutungen auch über den Dichter A. L. Follen, über den du forschst, etwas orientiert. Er muss ja ein sonderbarer Heiliger gewesen sein – jedenfalls ein Original oder sagen wir verrücktes*

Huhn? Hat er denn seiner Zeit eine gewisse Rolle gespielt oder fiel er klar durch seine Absonderlichkeiten auf?

Szene 13

Bressler, Kessi, Mohr, Kielholz.

Bressler, Kessi und Mohr suchen Kielholz in dessen Büro auf.

Kielholz	(*fröhlich*) Was verschafft mit dir Ehre dieses Grossaufmarsches? (*verunsichert*) Ist etwas? Schiessen sie los.
Bressler	Entschuldigen sie, Chef, dass ich gleich mit dieser Verstärkung anrücke. Doch meine Nerven, meine Nerven …
Kielholz	Setzen sie sich und erzählen sie in Ruhe, was vorgefallen ist.
Bressler	Ich habe die Verlängerung meiner Arbeitsbewilligung erhalten.
Kielholz	Was zu erwarten war.
Bressler	Doch die in Aarau bei der Fremdenpolizei haben sich, wie mir der Herr Verwalter soeben eröffnet hat, eine neue Schikane ausgedacht. Ich soll Ende dieser Woche oder spätestens nächste Woche zusammen mit einer Begleitperson unserer Verwaltung auf der Fremdenpolizei in Aarau antanzen. Dort werde man mir aus meinem Gehalt ein Taschengeld bestimmen und das Übrige auf ein Sperrkonto betreffend meine Auswanderung legen.

Kassier Wiederkehr würde mich auf den Canossagang begleiten. Die Unverschämtheit und Frechheit der Massnahme, wo ich mich hier abrackere, und dann die Art der Übermittlung, ich bitte! Anstatt ein Schreiben an mich, ein Telefonanruf an den Verwalter der Klinik, damit auch ja alle zu wissen bekommen, welche Schmach mich trifft! Geht das nun nach Schema f von einem subalternen Bullen aus oder ist es bewusste persönliche Schikane? Ich bin empört und ausser mir! (*Tagebuch 24. März 1942*)

Kielholz	Beruhigen sie sich.
Mohr	Nachdem Collega Bressler mich informiert hatte, rief ich sogleich Regierungsrat Doktor Siegrist an. Er findet das Ansinnen ungehörig und verspricht seine Unterstützung. Der Fremdenpolizei könne er nicht ins Handwerk pfuschen, daher rate er, dass Collega Bressler dem Aufgebot Folge leiste. Dort nicht aufbrause, ruhig bleibe und sich die Vorschläge anhöre. Unbedingt nichts unterschreibe. Weil er zuerst mit seinen Vorgesetzen über den Vorschlag sprechen müsse. Dann soll er anstatt der angedrohten Massregel vorschlagen, sein ganzes Gehalt von 300 Franken behalten zu können gegen die Leistung einer Kaution, zum Beispiel in der Höhe von 2'500 Franken.
Kessi	Wobei Hans Günther sich keine Sorgen zu machen braucht, wie er bei seinem Gehalt eine Kaution in dieser Höhe aufbringen kann.
Bressler	Entschuldigt! Ich halte es nicht mehr aus. Ich muss unbedingt meinen Aufsatz über die

	Dichterärzte für den nächsten ‚Herbstgruss' zu Ende schreiben und die Radiogymnastik machen, jetzt wo wieder mehr Strom da ist und ich das Radio anstellen kann. Ich muss runterkommen. (*ab*)
Kessi	(*will Bressler zurückhalten*) Hansel …
Kielholz	Lassen sie. Er braucht seine Ruhe. Besser er explodiert hier bei uns und präsentiert sich bei der befremdenden Polizei in Aarau in seiner charmantesten Art.

Szene 14

Bressler, Kessi.

Kessi betritt Bresslers Bude und bereitet einen Apéro mit einer Flasche Champagner vor. Bressler kommt, küsst Kessi.

Kessi	Nun? Wie war's in Aarau bei dieser total entfremdeten Polizei? Berichte!
Bressler	(*atmet theatralisch laut aus und grinst dann über das ganze Gesicht*) Lass den Korken knallen. Diese Witwe köpfen wir. Worauf wollen wir trinken? Uns?
Kessi	Spanne mich nicht auf die Folter.
Bressler	Im Kino läuft ein anscheinend herrlicher Wienerfilm mit Moser und Hörbiger, ‚Wir bitten zum Tanz'. Den Rest des Champagners werden wir …
Kessi	Nichts ist! Du bekommst keinen Champagner zu trinken.

Bressler	Anscheinend hat Regierungsrat Doktor Siegrist seinen Einfluss doch geltend machen können und ich falle unter die Ausnahmen der höchststaatlichen Weisung aus Bern.

Kessi fällt Bressler um den Hals.

Bressler	Übrigens, dein Tipp, dass ich wegen Mottl und ihrer Einreisebewilligung Kontakt mit Flüchtlingspfarrer Vogt und Flüchtlingsmutter Frau Doktor Kurz aufnehme, trägt bereits Früchte. Ich werde sie oder ihn demnächst in Zürich treffen. (*Tagebuch April 1942*) Prost. Noch kurz etwas gefuttert und dann ab ins Kino.

Szene 15

Bressler

Bressler an der Rampe mit Briefen

Bressler	*Grüssau, 20. Mai 1942. Die Schweizerische Gesandtschaft sandte mir schon vor etlichen Tagen die bewussten Formulare zu, nicht weniger wie 6 Stück, und zwar je 4 und 2 Gleiche. Diese sind bereits auf Wunsch der Kinder nach Hirschberg zur Ausfüllung gegangen. Da ich dazu 4 Passbilder benötige, holte ich mir die Erlaubnis zur Fahrt nach Landeshut ein und war nun Montag dort. Die Bilder soll ich freilich erst nach 8 Tagen bekommen*

und werde dann die Formulare etc. umgehend nach Berlin senden. Hoffentlich funktioniert dann weiter alles nach Wunsch. Sobald ich dann die Einreiseerlaubnis nach dort habe, werde ich ja dann von hier aus mit Hilfe der Kinder mein Möglichstes tun um alle Formalitäten möglichst schnell zu erledigen, doch glaube ich, können noch Monate vergehen, bis wir an's Ziel kommen. Ich hoffe jedoch weiter auf ein freudiges Wiedersehen! … Von Illeken habe ich auch oft Nachricht und Aufmerksamkeiten, aber der persönliche Gedankenaustausch fehlt mir doch sehr.

Nächster Brief

Bressler   *Grüssau, 22. Juli 1942. Heute bekommst Du unvorhergesehen Nachricht von mir, da ich Nachricht von der Schweizerischen Gesandtschaft Berlin soeben erhalten habe. Ich bin sehr traurig, da es eine Absage ist. Begründung: Die Zureise ist zurzeit nicht erwünscht; am 14. Juli in Bern ausgestellt und aus Berlin heut erhalten. Ist es möglich, dass Du dort noch einmal nachfragst, da doch die Einreise-Erlaubnis Dir sicher war? Es tut mir leid, Dir Sorgen und Aufregungen zu verursachen.*

Szene 16

Bressler, Pritzker, Frey, Kessi

Bressler und Pritzker bei der Arbeit in Arztkitteln. Frey verteilt Post. Bressler reisst einen Briefumschlag auf, entnimmt dem Umschlag den Brief, überfliegt diesen und freut sich überschwänglich

Bressler   Ich kann. Ich kann! Ich kann!!!

Pritzker schaut verwundert von seiner Arbeit auf. Will etwas fragen. Doch bevor er ein Wort sagen kann, ist Bressler aus dem Büro gerannt und dringt, ohne anzuklopfen, Labor zu Kessi ein, die alles fallen lässt und verwundert aufschaut.

Bressler   Wir können! Wir können!

Bressler reicht Kessi den Brief. Auch bei ihr macht sich beim Lesen Begeisterung breit.

Kessi   Bei diesem Juristenkram soll eine Normalsterbliche wie ich noch drauskommen! Hauptsache, ich bleibe trotz Heirat mit einem vom Staat als heisse Kartoffel behandelten ehemaligen Deutschen, jetzt Staatenlosen, Schweizerin.

Bressler   Wann soll die Hochzeit sein?

Kessi   Ich möchte, dass der Pfarrer, der mich seinerzeit konfirmiert hat, uns traut. Victor Maag. Er ist jetzt in Zürich, irgendwie beim Grossmünster. Und dort gibt es eine Kapelle.

Bressler   Sobald als möglich in der Grossmünster-kapelle. Mach dich gleich schlau, wann Pfarrer Maag Zeit hat.

| Kessi | Und Vatter wird uns bestimmt nach der Trauung zu einem guten Essen im Hotel Storchen einladen. |

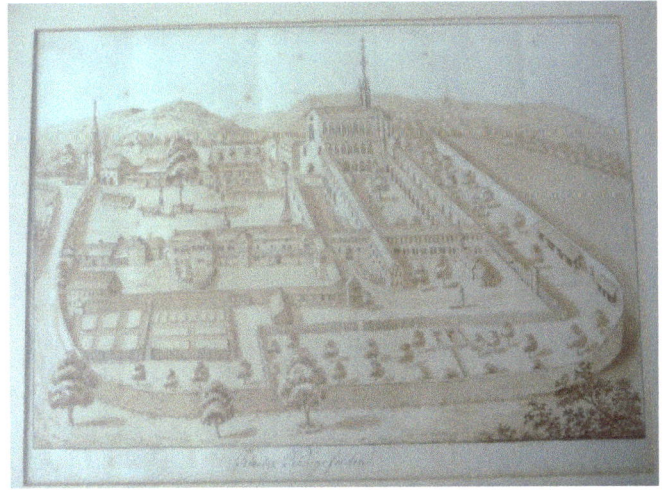

Anonym, nach Albrecht Kauw, 1616-1681/2, Kloster
Königsfelden, antike Rötelzeichnung

Gret Kessi und Hans Günther Bressler
in Oberrohrdorf 1940

Vierter Akt

Bressler, Kessi

Bressler und Kessi je im Monolog.

Kessi
: Hüscht und hott, alles immer schön im Trott.

Bressler
: Ein Etappenziel erreicht. Ich muss eine zufriedene Miene aufsetzen. Ich darf all die lieben Menschen, die mir bisher geholfen haben und mir ihre Zuneigung zeigen, nicht enttäuschen, selbst wenn ich total zerrissen bin zwischen meinem relativen Glück im Hier und Jetzt, in das hinein von draussen schreckliches Erinnern, Wissen, Bangen, Ahnen und wüste Fantasiekonstrukte kriechen und grassieren.

Kessi
: Wenn wir uns fest umschlungen in Armen halten, gegenseitig die Wärme unserer Körper spüren, alles rundum für den Moment zum Verschwinden gebracht wird, dann, ja, dann ist ein Glücksmoment. Seliges Vergessen, das das Geschehen rundherum nicht zu verdrängen mag und auch nicht verdrängen darf. Hansels Sorgen sind mir jetzt, wo wir noch mehr verbunden sind, noch näher und drängend. Selbst wenn sie mich nicht im Geringsten so stark bedrängen wie ihn. Ich teile seine Sorgen. Bloss keine Trübsal blasen! Wenn wir in Traurigkeit versinken, hilft es niemandem. Ich muss ihm eine gewisse Normalität im Alltag

vermitteln und zurückgeben, die er gegen aussen hin vorbildlich lebt. Kämpferischer Geist ist nach wie vor gefragt. Hansel hat bisher seinen Überlebenskampf glorios geschlagen. Dass er sich überhaupt nicht runterkriegen liess und lässt. Hansel, mein Hansel …

Bressler   Scheusälchen mein, mein Goldfasan, wo wäre ich, wenn ich dich nicht hätte! Die Chronologie der Ereignisse ist so sehr zerrissen und zerfetzt. Man arbeitet. Geht auf in einem Beruf, der einen befriedigt, und in der Schriftstellerei, die die wahre Berufung ist. Und daneben vergnügt man sich, wie man sich eben vergnügen kann. Bei Essen und Trinken, beim Feiern mit Freunden und Verwandten, beim Tanzen, beim Besuch von Kinos, Theatern und Opern. Doch immer gegenwärtig das Elend und das Leiden der Nächsten. Denen ich, so sehr ich es möchte, nicht helfen kann. Bloss am Rande mit meinem geglückten Überleben ein Zeichen geben kann. Da stehe ich machtlos vis-à-vis (*ausgesprochen fis a fis*), als tumber Tor!

Kessi   Immerhin schaffen wir es, von der Öffentlichkeit als strahlendes Paar wahrgenommen zu werden. Unglücklich bin ich nicht. Doch es ist nicht alles ganz so rosig, wie es scheinen mag und wie ich Unschuld vom Lande mir den Ehestand vorgestellt hatte.

Bressler   Immerhin haben wir die Einreiseerlaubnis, das Visum für Mottl nach einigen Kämpfen für teures Geld dennoch erlangt. Die arme Mottl hat Einiges auf sich nehmen müssen, um von ihrem Kloster Grüssau Ausgang zu erhalten und die notwendigen Passbilder machen lassen und die notwendigen Bescheinigungen erhalten und beglaubigen lassen zu können. Die Hoffnung auf ein baldiges Wiedersehe ist real. Theoretisch sind wir im siebenten Himmel und schweben auf einer rosa Wolke.

Kessi   Was stellt man sich unter Glück vor, wenn man sich das Glück / ein Glück / sein Glück überhaupt vorstellt? Kitsch, nichts als Kitsch – ein statisches Bild in kitschigen Farben. Der wahre Alltag ist Dynamik, Veränderungen, Wechselbäder der Gefühle und eine Fülle ungeahnter Herausforderungen. Denen ich mich nach und nach, immer weniger zaghaft, zu stellen wage, weil wir zusammen, gemeinsam ... (*Kessi schaut Bressler an*)

Bressler   Wenn ich mein Scheusälchen nicht hätte! (*Bressler schaut Kessi an, worauf sie sich in die Arme fallen, wobei Bressler sich gleich wieder löst und seinen eigenen Gedanken nachhängt*) Ich mag meine Empörung und mein Entsetzen nicht länger verhehlen, wenn Mottl mir schreibt, dass im Kloster Grüssau ihr Zimmer mit fünf weiteren Damen teilt, täglich ein paar Stunden in der Küche Kartoffeln pellt und Gemüse rüstet und das Gebäude bloss für ein paar Schritte in den Garten verlassen darf. Wenn meine Schwester Ilse mir schreibt, dass diese Halunken für diese Gefangenschaft Mottls einen Pensionspreis abknöpfen, dass ihr Vermögen bald aufgebraucht sein wird. Von Ilse weiss ich nun auch, dass es sich beim

Kloster Grüssau um ein Durchgangslager für nichtarische Christen handelt. Die Korrespondenz mit Mottl im Lager Grüssau und in der faschistischen Nazi-Diktatur ist eine echte Herausforderung, die detektivische Fähigkeiten erfordert, um das Tatsächliche zu erfassen. Sie schreibt am 28. September 1942: *Unterdes hast Du wohl von Illeken Nachricht über den Stand meiner Angelegenheit erfahren. Ich habe meine Gründe nichts darüber selbst zu sagen, aber durch Ilse wirst Du ja immer orientiert werden. Du hast ja auch bei Deinen dauernden Bemühungen gesehen, was lange währt wird gut. So wird es auch hoffentlich hier werden.* ... Und das neue Jahr bricht an. (*Tagebuch 1. Januar 1943*) *Das erste Jahr, das ich zusammen mit meiner liebsten Frau antrete. Wolle Gott, das glücklichste. Wenn wir nur erst unseren Rainer, so soll der Erstgeborene heissen, erwarten dürften!* Mottl schreibt am 7. Januar 1943: *So froh bin ich heut nach langer Pause endlich ein Lebenszeichen von Dir – Deinen Brief vom 21. XII. erhalten zu haben. Seit dem 25. XII. hatte ich nichts von Dir gehört und da waren schon die letzten Tage sehr unruhig, da ich doch Deine Pünktlichkeit kenne. Der Grund liegt eben an dem grossen Festtagsverkehr.* Dabei schreiben Gret und ich ihr regelmässig, weil wir wissen, wie sehr sie sich nach Nachrichten von uns sehnt. Die Ärmste, sorgt sich so sehr – und ich kann nichts machen! Und dann diese Berichte. Von Lisak und auch einer Frau Wolf, die Fürsorgerin in Baden ist, über die Zustände in den Lagern. Gemäss einem Bericht in der

Nationalzeitung sollen in den Lagern teilweise schlimme hygienische Zustände herrschen. Was nur zu natürlich ist. (*gemäss Tagebuch vom 14. Januar 1943*)

Bressler und Kessi im Dialog.

Kessi	Die drei Pakete sind weg. Ich habe sie zur Post gebracht.
Bressler	98 Franken! Dann meine Kaution. Und die Kaution für Mottl Visum von 10'000 Franken. Scheusälchen, wir müssen uns endlich mal ernsthaft über unsere Finanzen unterhalten. Ich weiss nicht, wie es weitergehen soll. Es geht doch nicht an, dass du und Nänne und Vatter immer einspringen müssen.
Kessi	Bisher ist es gegangen. Mach dir keine Sorgen. Vatter und Nänne sind da und …
Bressler	Dennoch, ich, ich …
Kessi	Steh auf und komm, sonst verpassen wir den Zug nach Baden. Oder willst du aufs Tanzen im Kursaal verzichten?!

Bressler im Monolog.

Bressler	Es darf nicht wahr sein. *Grüssau, 14. Februar 1943. Eure Liebespakete durften mich leider nicht mehr erreichen, denn in etwa 8 Tagen verlege ich meinen Wohnsitz nach Theresienstadt (Protektorat). Genaue Adresse kann ich Dir nicht angeben, weiss auch nicht wie die Postbestellung dort sein wird. Schicke mir nur auf keinen Fall Pakete dahin, bis ich weiss, was erlaubt ist. Sorget Euch keinesfalls um*

mich. Der Herr hat bisher geholfen. Er wird auch weiter helfen – des bin ich gewiss! Mit seiner Hilfe werden wir uns wiedersehen! Ich weiss auch nicht, ob es ratsam ist, vorläufig an mich zu schreiben, ehe Ihr meine nähere Adresse erfährt. Ihr musst Euch keineswegs ängstigen, wenn Ihr lange nichts von mir hört. Verständigt Euch mit Illeken, die mich am Freitag überraschend besuchte. Bleibt in inniger Wonne Zumindest hat Ilse Mottl in Grüssau offensichtlich besuchen können. Zum Glück kann ich über Follen forschen und mich mit ihm beschäftigen. Das lenkt ab und bringt mich auf andere Gedanken. *Grüssau, 18. Februar 1943. Meine geliebten Kinder. Kurz vor Tores Schluss nochmals einen innigen Gruss an Euch, keine Sorge, wenn jetzt eine lange Pause eintritt. Ich weiss nicht, ob und wann ich Euch dann schreiben kann. Aber keine Sorge um mich. Mein Gottvertrauen lässt mich ein Wiedersehen mit Euch erhoffen und ich denke, dass wir uns gut verstehen werden, meine liebe Gritli. Bis dahin bleibt gesund und guter Dinge und weiter recht glücklich zusammen. Es grüsst Euch herzlich. In Liebe Mottl.* Dabei hat Mottl ein Visum für die Schweiz und wir haben die notwendige Kaution geleistet, doch ausreisen darf sie nicht!

Bressler und Kessi im Dialog.

| Kessi | War der Münchhausen-Film nicht köstlich. So unbeschwert fröhlich. |
| Bressler | *Bei aller Buntheit, im wahrsten Sinne des Wortes und dem kolossalen Aufwand ist der Film primitiv* |

und von niedrigstem Niveau. (Tagebuch vom 11. Januar 1944) Ich kann mir solch übertriebenem Klamauk nur wenig anfangen.

Kessi   Dabei, habe ich irgendwo aufgeschnappt, soll Erich Kästner das Drehbuch dazu unter einem Pseudonym verfasst haben und so das ihm auferlegte Schreibverbot unterwandert haben.

Bressler   Ja, ja, ja!

Bressler im Monolog.

Bressler   Mottl lebt! Ein Brief von ihr! *Theresienstadt, 31. März 1944. Geliebte Kinder. Zu Deinem künftigen Geburtstag begleiten Dich meine innigen Glückwünsche. Möge Dich der Allmächtige weiter beschirmen und einer gesicherten Zukunft entgegen führen. Seit November fehlt jede schriftliche Nachricht von Euch. Eure Briefe und Pakete erfreuen mich stets. Seid bedankt dafür, besonders für das schöne Genfer Rote Kreuz Paket. Sagt den Hirschbergern, dass ich erfreut bin, dass sie kürzlich der Mutter so nett gedachten, auch der Berliner Onkel nimmt sich ihrer liebevoll an. All meinen lieben Kindern und Enkeln innigste Grüsse und alles erdenklich Gute. In Liebe Mottl.* Und sie schreibt, dass sie seit letztem November ohne Post von uns ist. Dabei schreibe ich ihr regelmässig. Sogar mit Postquittung. - . Wunderst du dich nicht, wie ganz so nebenher ein ganz gewöhnlicher Alltag läuft, der Momente uns Freude, der Zerstreuung, des Vergnügens beschert!

Kessi	Ich wundere mich, wie du es scheinbar gut drauf wie immer überstehst. Hansel, ach, mein liebster Hansel! Möchtest du vielleicht lieber am nächsten Sonntag nicht mit nachhause, nach Rohrdorf, zu Nänne und Vatter kommen, wo immer so viel Betrieb ist.
Bressler	Wo denkst du hin! Ich begleite dich nach Rohrdorf! Gerade jetzt muss ich unter die Leute. Das lenkt ab. In Gesellschaft gelingt es mir, mich zusammenzureissen.
Kessi	Auch hier, und vor allem bei der Arbeit bist du so tapfer. Und schreibst munter weiter an deinem Follen-Projekt.
Bressler	Na klar, was denn sonst! Bloss für dich, mein geliebtes Scheusal bin ich eine Belastung, wenn mich die Formulare hier in der Schweiz für meinen Aufenthalt und die Nachrichten aus Deutschland schlicht überfordern.
Kessi	Liebster, Hansel, Kino heute?
Bressler	Grandiose Idee!
Kessi	Hast du eine Idee, was diese Postkarte soll. Eine Etelka schreibt dir. Du sollst mit einer Senta und einem Herbert zusammenkommen. *Theresienstadt, 2. September 1944. Lieber Hans-Gunther, Ich erwarte sehnsüchtig Deine Nachrichten. Kommst Du mit Senta Herbert zusammen? Ich höre nichts von Euch allen. Schrieb Mottl von ihrer neuen Adresse? Ich bin gesund. Herzlichst Etelka.*
Bressler	Zeig! Gib her! O Gott, auch Tante Etelka ist in Theresienstadt! Und Mottl soll, das entnehme ich der Mitteilung, Theresienstadt verlassen haben. Wohin? Wir wissen nichts! Tante Etelka

hatte einen Verlag in Leipzig gehabt. Irgendwann ist sie zu ihrem ältesten Sohn, Rudolf, nach Holland emigriert. Dann haben die Nazis sie also geschnappt und aus Holland nach Theresienstadt verschleppt. Grässlich. Doch muss sie dort Mottl getroffen haben. Senta und Herbert sind Kinder von ihr, Cousins von mir, die sich rechtzeitig nach England hatten retten können. Ich stehe mit ihnen in Verbindung. Ich soll ihnen wohl mitteilen, dass ich ein Lebenszeichen von ihrer Mutter habe, aus THERESIENSTADT! – Die Fremdenpolizei übt sich in unterhaltsamer Belletristik. Und das gleich zweimal, in kürzestem Abstand. Hör dir das mal an: *Kantonale Fremdenpolizei, Aarau, 6. Dezember 1944. Die unterzeichnete Amtsstelle bestätigt hiermit, dass Herr Dr.med. Hans-Günther Bressler, geb. 30.4.1911, in Königsfelden, Gemeinde Windisch, toleriert ist. Er ist den besonderen Emigrantenvorschriften unterstellt und wurde demzufolge mit einer Reisebeschränkung belegt. Der Genannte verbringt seine wöchentlichen Freitage, die ihm in der Heil- und Pflegeanstalt Königsfelden gewährt werden, bei seinen Schwiegereltern in Oberrohrdorf und bei seinem Schwager in Reinach. Es wird ihm daher die generelle Bewilligung erteilt, Königsfelden an seinen Freitagen zu verlassen, um sich nach Oberrohrdorf zu Familie Kessi und Reinach zu Familie Dr. Steiner zu begeben. Dieses Schreiben dient als Ausweis gegenüber den Kontrollorganen und berechtigt gleichzeitig zur jeweiligen Rückkehr nach Königsfelden.* Das zweite

Schreiben: *Kantonale Fremdenpolizei, Aarau. Reisebewilligung, 12. Oktober 1944. Unter Bezugnahme auf Ihr Schreiben vom 5. Dezember diesen Jahres.wird Ihnen die Bewilligung erteilt Ihren Aufenthaltsort Windisch, am 9. Dez. 1944 zu verlassen, um sich zwecks Regelung von persönlichen Angelegenheiten und Theaterbesuch nach Zürich zu begeben. Dieses Schreiben dient als Ausweis gegenüber den Kontrollorganen und berechtigt gleichzeitig zur Rückkehr nach Windisch.* Ich wundere mich selber über mich, wie es mir gelingt, vom Zustand des zu Tode betrübt Seins im Nu in einen Glücks- und Freudentaumel zu geraten. Die menschliche Natur. Wenn man etwas will, ganz arg fest will, dann hält man durch. Und ich will überleben, ohne für mein Umfeld eine Belastung zu sein. Klar, ich hänge weder die Felsbrocken, die mir in den Weg gerollt werden, noch meine Anflüge von Depressionen an die grosse Glocke. Sie gehen niemanden etwas an. Man sagt, zu Beginn des Jahres 1945, der Krieg wird bald zu Ende gehen. *Es wird am 7. Februar 1945 berichtet von erstem 1'200 Menschen starkem Transport Theresienstadt-Kreuzlingen. Und Mottl? (Tagebuch 7. Februar 1945).* Herzklopfen, bange Hoffnung, Aufregung. Sogleich telefonische Anfrage wegen Mottl an Flüchtlings-Kommando St. Gallen. Dürfen keine Antwort geben. Also schriftliche Anfrage. Gleich am 8. Februar zur Post gebracht.

Kessi Bericht?

Bressler	Nichts. *Ich schlafe schlecht. Schwitze in der Nacht. Diese Unsicherheit wegen Mottl. (Tagebuch 15. Februar 1945)* Sage und schreibe selbst am 18. Februar noch *ohne Bericht aus St. Gallen, haarig. Speditive Polizei. Vivat caritas! (Tagebuch 18. Februar 1945)*
Kessi	Was ist?
Bressler	Da. Absage wegen Mottl aus St. Gallen. *(Tagebuch 19. Februar 1945). – Ostern. Gritli, Gritli! Hoffnung auf ein Kindchen? Gefaulenzt, gelesen; gelaufen, mit Gritli auf den Berg rauf. Längere und ernste Aussprache über die Zukunft; all well! (Tagebuch 1. April 1945) Radio und gelesen. Furchtbare Enthüllungen über Konzentrationslagergräuel. (Tagebuch 25. April 1945) Victory Day! (Tagebuch 8. Mai 1945)* 13. September 1945. Ein Schreiben von Tante Etelka aus Holland. Sie und ihre jüngste Tochter Ursel haben Theresienstadt offensichtlich überlebt und sind befreit worden, konnten nach Holland gelangen. Mottl und Tante Etelkas Sohn Rudolf, mein Cousin, und seine ganze Familie, Ehefrau und drei Söhne sind auf Transport nach Auschwitz gekommen. Mottl. Mottl! – In welcher Barbarenzeit bin ich gelandet.
Kessi	Hansel, liebster Hansel.
Bressler	Lies! *(Bressler reicht Kessi einen Brief)*
Kessi	*Aargauische Kantonalbank Aarau. Aarau, 10. November 1945. Betreffend Toleranzkaution No. 669 für Sie selber gegenüber dem Aargauischen Polizeikommando, Aarau, bestehend aus – 1 – Sparheft Aargauische Kantonalbank, Brugg, No.*

25652, Kapitalsaldo per 1. Januar 1945 Fr.
3'188.55, Toleranzkaution No. 696 für Frau
Elfriede B.-F., bestehend aus – 1 – Sparheft
Aargauische Hypothekenbank, Brugg, No. 58504,
Kapitalsaldo vom 1. Januar 1945 Fr. 2'000.—. –
Die übrigen Pfänder lauten auf Ihre Frau Gemahlin,
Gret Bressler-Kessi, welche Schweizerbürgerin
geblieben und somit nicht anmeldepflichtig ist. Laut
Bundesratsbeschluss vom 16. Februar und 3. Juli
1945 sind alle Guthaben deutscher
Staatsangehöriger beziehungsweise Staatenloser
früherer deutscher Staatszugehörigkeit ohne
Rücksicht auf deren Wohnsitz und sämtlicher in
Deutschland wohnenden Personen ohne Rücksicht
auf deren Nationalität gesperrt. Die Überwachung
und Anmeldung dieser gesperrten Werte verursacht
den Banken eine grössere Arbeitsbelastung. Dafür
wird auf Grund des Tarifs der Schweizerischen
Bankiersvereinigung eine Gebühr berechnet. Sie
beträgt in Ihrem Falle Fr. 13.— wofür wir Sie
belasten. Wir bitten Sie um baldige Einzahlung auf
unser Postkonto VI.6 mittels beiliegenden Scheines.
… (Kessi reicht Bressler wortlos den Brief zurück.
Die Beiden sehen sich lange an. Kessi, mit dickem
Bauch verschwindet.) – 3. Dezember 1945. 1 Uhr
Anruf bei Hans. Kurz nach 2 Uhr erscheint er mit
Auto. Ich noch bei Anni. 3.30 Uhr Menziken im
Spital. Wehen! 10 Uhr ins Kreiszimmer. 10.25 Uhr
Blasensprung. 11.45 Geburt Rainer Eugen, 3500 g
schwer, 50 cm lang. Mutter und Kind ohne Befund.
Unendlich glücklich und dankbar!!! – Ein
Schreiben: *Tschechisches Ministerium für soziale*
Wohlfahrt: Juno 1948. Ihrer Anfrage entsprechend

teilen wir ihnen mit, dass Bressler Elfriede am 15. Mai 1944 unter Nr Dz – 2008 von Theresienstadt nach Auschwitz transportiert wurde. Über fünfzig Jahre alte Menschen sind nicht mehr aus Auschwitz zurückgekehrt.

Rainer Bressler, Porträt (Gret Bressler-Kessi)
Acryl auf Pavatex, 1966

Nachspiel

Bressler, Kessi, Sohn

1965. Bressler und Sohn betreten den Raum. Kessi kommt ihnen mit offenen Armen und sehr erfreut entgegen. Der Sohn ist gekleidet in eine militärische Rekrutenuniform. Er trägt einen Wäschesack bei sich. Kessi umarmt den Sohn verhalten. Sie nimmt ihm dann den Wäschesack ab. Bressler wirkt abwesend. In diesem Nachspiel ist zu beachten, dass Bressler betont astreines Hochdeutsch spricht, während Kessi und der Sohn, klar vom Schweizer Dialekt geprägtes Deutsch oder Schweizer Mundart sprechen.

Kessi   Dann hat es also geklappt mit dem Abholen bei der Kaserne. So schön, dass ihr hier seid. Vater und Sohn einträchtig. Das Mittagessen ist bereit. Wir können uns gleich an den Tisch setzen . (Denn het's also klappt mit em Abhole a de Kaserne. So schön, dass ihr do sind. Vater und Sohn iiträchtiglich. S Mittagässe isch parat. Mir chönd grad an Tisch sitze)

Bressler verschwindet wortlos. Der Sohn entledigt sich seines Gürtels, seiner Uniformjacke, seiner Krawatte und seiner Mütze

Kessi   Ich werde deine schmutzige Wäsche gleich nach dem Essen in die Waschmaschine geben. Damit du sie morgen gleich wieder mit in die Kaserne nehmen kannst. Haben Vati und du dich auf der kurzen Fahrt von der Kaserne hierher wieder gestritten! (Ich wird dini dräckig Wösch grad noch em Ässe i d

136

Wöschmaschine tue. Den chasch si morn grad wider mit i d Kasärne nee. Händ du und de Vati öich uf dere churze Fahrt vo de Kasärne bis do scho wider gschritte!)

Sohn   Nein. Ich weiss nicht, was er hat. Weshalb er plötzlich sauer ist. Als wir uns beim Kasernentor getroffen hatten, war er noch ganz normal gewesen. Er hat sich sogar anerboten, Ingold, Geissmann und den Basler im Auto bis zum Bahnhof mitzunehmen. Und wie es so ist, sobald Leute rum sind, zieht er seine Show ab. Bombenstimmung im Wagen. Die andern haben Vati das Lied vorgesungen, das wir auf dem Nachtmarsch bis zur Vergasung gesungen haben, um durchzuhalten. Ich bin im Auto auf dem Hintersitz zwischen Ingold und Basler gesessen. Konnte im Rückspiegel verfolgen, wie Vatis Miene am Steuer sich beim Lied plötzlich verändert. Ich weiss auch nicht warum. Am Bahnhof dann hat er sich offensichtlich wieder zusammengerissen und sich von meinen Kameraden scheissfreundlich verabschiedet. Ich habe auch da gemerkt, dass etwas nicht stimmt. Als wir dann allein vom Bahnhof hierher fuhren, hat er kein Wort gesagt. Ich habe nicht fragen wollen, was ist. Sonst hätte er sich bestimmt wieder über mich lustig gemacht. Mich runtergemacht. (Näi. Ich wäis au ned, was er het. Wiso er plötzlich suur isch. Wo mer öis am Kasärnetor troffe händ, isch er no ganz normal xsi. Er het sogar aabotte, de Ingold, de Geissme und de Basler im Auto bis zum Bahnhof mitznä. Und wie s so isch, sobald Lüüt ume sind, ziet er siini Show ab. Bombestimmig im Wage. Die andere händ im Vati s Lied vorgsunge, wo mir uf em Nachtmarsch bis zur Vergasig gsunge händ, um durezhalte. Ich bin im Auto uf em Hindersitz zwüsche em Ingold und em Basler gsässe. Han im Rückspiegel gsee chönne, wie sich d Miene vom Vati plötzlich veränderet. Ich wäis au ned wiso. Am Bahnhof denn het er sich offesichtlich wider zämegrisse und sich schissfründlich vo miine Kamerade verabschidet. Ich han au do wider gemerkt, dass öppis ned stimmt. Wo mer denn alei vom Bahnhof do here gfahre sind, het er käs Wort me gsäit. Ich han ned froge welle, was isch. Schüsch hätti er sich bestimmt wieder über mich lustig gmacht. Mich abgegmacht.)

Kessi	Was für ein Lied habt ihr gesungen? (Was für es Lied händ er gsunge?)
Sohn	,Das Leben ist ein Würfelspiel'.
Kessi	War das Paradelied gewesen in Hitlers Wehrmacht. (Das isch s Paradelied i de Wehrmacht vom Hitler xi.)
Sohn	Kann ich das wissen! (Wie söll ich das wüsse!)
Kessi	Vati ist nun mal allergisch auf alles, das mit den Nazis zusammenhängt. (De Vati isch halt uf alles allergisch, wo mi de Nazis zämehängt.)
Sohn	(plötzlich heftig) Jetzt bei uns ist es, verdammt nochmal, ein beliebtes Lied, weil es sich beim Marschieren so gut brüllen lässt! (Jetzt isch es bi öis, verdammt nonemol, es beliebts Lied, will mers so schön usebrüele chan.)

| Kessi | Beruhige dich. Es ist kein Vorwurf, bloss eine Erklärung. Komm, setzen wir uns. So, wie er verschwunden ist, wird er auch wieder auftauchen. Setzen wir uns. Der Salat steht schon auf dem Tisch. Wir werden damit beginnen. (Beruhig di. S isch jo kä Vorwurf, nur en Erkärig. Chumm, mer sitzid an Tisch. So, wie n er verschwunde isch, wird er au wider uuftauche. Sitz ab. De Salot stoht scho uf em Tisch. Mer fönd emol demit a) |

Bressler kommt fröhlich und aufgeräumt zurück zum Tisch und setzt sich zu den andern.

| Bressler | Scheusälchen, dieser Salat sieht wunderbar aus. Wie immer übertriffst du dich auch heute wieder einmal selber. Die Uniform steht dir gut, filius meus. In der Uniform bist du ein schmucker Kerl. Nicht wahr, Scheusälchen, findest du doch auch? Ich hoffe sehr, dass dein Spruch, dass du Soldat bleiben und nicht Offizier werden willst, ein Scherz war. Jeder rechte Mann, der studiert hat, wird Offizier. |
| Sohn | Vati, hier bei uns wird man nicht einfach Offizier. Wie das vielleicht in Deutschland ist. Hier bekommt man den Vorschlag, die Unteroffiziersschule zu machen und erst danach bekommt man vielleicht den Vorschlag für die Offiziersschule. (Vati, do bi öis wird mer ned äifach Offizier. Wie das villicht in Tütschland de Fall isch. Do chunt mer de Vorschlag über, d Underoffiziersschuel zmache und erscht nochher chunt mer villicht de Vorschlag für d Offiziersschuel über) |

Bressler	Dann stell dich gefälligst nicht zu blöd an und sorge dafür, dass du den – wie nennst du es? – Vorschlag bekommst. Das Leben in der Kaserne scheint, wenn man deinen Kameraden zuhört, ganz erträglich zu sein.
Sohn	Ja. (Jo.)
Bressler	Und der Frass in der Kaserne?
Sohn	Okay. (Okay)
Bressler	Genügend?
Sohn	Ja. (Jo.)
Bressler	Kann man ihn verschlingen, diesen Schlangenfrass?
Sohn	Ja. Ja. Das heisst, die andern sagen, das Essen ist unter aller Kanone, schrecklich. Es kommt daher, dass der Fourier eine Pfeife ist und sein Budget überschritten hat. Nun darf er nichts mehr beim Metzger einkaufen, muss aus den Reserven Menus zusammenstellen. Und so gibt es jeden Tag ‚gstampfter Jud'. Mal als Spaghettisosse, mal als Fleisch an Sosse zu Kartoffeln. Ich mag ‚gstampften Jud'. (Jo. Jo. Das häisst, die andere sägid, s Ässe sig under allne Kanone, abscheulich. S isch so cho, de Fourier isch en Pfiife und het siis Budget überschritte. Jetzt dürf er nüt me bim Metzger iichaufe, mues us de Reserve Menu zämestelle. Und so gits jede Tag ‚gschtampfte Jud'. Einisch als Spaghetti-Sosse, es anders Mol als Fleisch an ere Sosse mit Härdöpfel. Ich han nüt gäge ‚gschtampfte Jud')

Bresslers Gesichtsausdruck versteinert. Er zerknüllt seine Serviette, wirft sie auf den Tisch, steht auf und verlässt wortlos den Raum.

Sohn   Was ist jetzt schon wieder? Was habe ich jetzt schon wieder falsch gemacht?! – Ich brauche bloss meinen Mund zu öffnen und schon schnappt er ein. Ich kann sagen, was ich will, es ist immer falsch. Wenn ich nichts sage, ist er sauer. Wenn ich was sage, ist er sauer. Ist doch wahr. Immer bin ich der Idiot. Habe mir solche Mühe gegeben, nett zu sein. Und das eigens für das Militär als Vorrat hergestellte Hackfleisch in Dosenform heisst nun mal ‚gstampfter Jud'. Alle nennen es so. Erst kommt das Fressen, dann die Moral. Ach, ich habe die Nase so voll von dieser Scheissbürgerlichkeit! (Was isch jetzt scho wider? Was han ich jetzt scho wider flasch gmacht? – Ich mues nur s Muul uuftue undscho schnappt er i. Ich cha säge, was ich will, s isch immer falsch. Wen ich nüt säge, isch er suur. Wen ich öppis säge, isch er suur. Isch doch wohr. Immer bin ich de Tschumpel. Debi han ich mir so Müe gä, nät z si. Und das äxtra fürs Militär hergschtellti Hackfleisch i Doseform heisst nun emol ‚gschtampfte Jud'. Alli sägid dem eso. Erst kommt das Fressen, dann die Moral. Ách, ich han d Nase voll vo öire Schiisbürgerlichkeit!

Kessi   Hier geht es nicht um Klassenkampf. Mottl, Vatis geliebte Mutter, deine Omi, ist in Auschwitz ermordet worden, zusammen mit unzähligen Juden und Jüdinnen. Der unselige Ausdruck ‚gstampfter Jud' ist für Vati unerträglich. (Do goht's ned um Klassekampf. D Mottl, im Vati siini gliebti Mueter, diis Omi, isch in Auschwitz ermordet worde, zäme mit unzählige Jude und Jüdinne. De unselig

141

Uusdruck ‚gschtampfte Jud' isch für de Vati unerträglich.)

Sohn Ich habe doch nicht absichtlich, bloss weil alle das, was wir seit vielen Tagen jeden Tag vorgesetzt bekommen, gstampften Jud' nennen … Dass der Alte immer gleich einschnappen muss. Ein falsches Wort und er flippt aus. (Ich han doch ned absichtlich … Nur grad will alli das, was mir sit vile Tage jede Tag uftischet überchömid, ‚gschtampfte Jud' gnännt … Dass dr Alti immer grad iischnappe mues. Es falsches Wort und er flippt us.)

Kessi Oder du flippst aus. Du bist nicht besser. Und explodiert ist er diesmal nicht. Er hat dich auch nicht angeschrien. (Oder du flippsch us. Du bisch ned besser. Und explodiert isch er damol jo ned. Er het dich au ned aagschroue.)

Sohn Ja, richtig. Doch sein Schweigen, dieses Schweigen, dass er seinen Mund nicht auftun kann oder will. – Ich habe mir noch nie so richtig überlegt, dass ich eine deutsche Omi hatte / hätte / gehabt hätte. Schliesslich habe ich sie nie gekannt. Sie ist vor meiner Zeit … Und Vati schwärmt immer nur von dieser verdammten goldenen Zeit in Deutschland bevor die Nazis ans Ruder kamen. Als ob unser Leben hier nichts ist. Dass seine Mutter in Auschwitz umgekommen ist, habe ich ja auch nicht von ihm erfahren. Ich weiss es auch erst seit Kurzem. (Jo, richtig. Aber siis Schwiige, das Schwiige, dass er ums Verrode siis Muul ned uuftue chan oder will. – Ich han mer no gar nie so richtig überläit, das ich en tütschi Omi han / hätti / gha hätti. Schliesslich han ich si au gar nie kennt. Sie isch vor minner Ziit … Und

142

de Vati schwärmt immer nur vo dere verdammt goldige Ziit in Tütschland vor de Nazis. Als ob öises Läbe do gar nüt wäri. Dass siini Mueter in Auschwitz umcho isch, het jo au ned er mir verzellt. Ich wäis es au erscht sit ganz churzem.)

Kessi	Was weisst du schon davon, was er alles durchgemacht hat. Er will nicht daran denken, sonst würde er das Leben nicht mehr ertragen und in Trübsinn versinken. Das Leben geht eben weiter. (Was wäisch du scho, was es alles duregmacht het. Er will nid dra tänke, schüsch chönt er s Läbe nümm erträge und würdi im Trüebsinn versinke)
Sohn	Wie soll ich es wissen, wenn er, und auch ihr, mir nichts davon erzählt! (Wie söll ich öppis devo wüsse, wenn er, und au ihr, mir nüt devo verzellid!)
Kessi	Er hat nie grosses Aufhebens davon gemacht. So hat er überlebt und funktioniert bestens. Er hat es bloss gut gemeint mit euch und wollte euch von dem Schrecklichen, das er erlebt hat, verschonen. Weshalb müsst ihr Euch immer streiten! Es ist so schwer für mich. Ich stehe immer dazwischen. Ich verstehe nicht, weshalb ihr nicht zusammen auskommen könnt. Ihr seid euch so ähnlich. (Er het nie grosses Ufhebes devo gmacht. So het er überläbt und funktioniert bestens. Er het's nur guet gmäint mit öich und het öich vo dem Schreckliche, wo n er erläbt het, welle verschone. Worom müend ihr öich immer striite! Es isch so schwer für mich. Ich stoh immer dezwüsche. Ich verstoh ned, worom ihr ned zäme uuscho chönd. Ihr sind öich so ähnlich.)

Der Sohn ärgert sich sichtlich schrecklich über die letzte Bemerkung von Kessi und droht einen Moment, körperlich zu reagiere, doch kann sich beherrschen.

Kessi — Weshalb bloss müsst ihr beide so aufbrausend, solche Streithähne sein. Und bei jeder Gelegenheit explodieren. Bub, Bub, ich habe dich doch lieb. Und ich habe auch Vati lieb. Sei du auch wieder lieb und lass dir nichts anmerken, wenn Vati wieder zurück an den Tisch kommt. Er ist nun mal so, wie er ist. Respektiere es. Wir wollen es schön haben. Oder etwa nicht?! (Wiso müend ihr bäidi so uufbrusend, söttig Striithähn si. Und bi jedere Glägehäit explodiere. Bueb, Bueb, ich han dich doch gärn. Und ich han auch de Vati gärn. Sig au du weder lieb und lo dir nüt lo aamerke, wenn de Vati weder zrugg an Tisch chunt. Er isch halt eso wie n er isch. Nimm en so hi. Mir wänd's doch zäme schön ha, oder öppe ned?!)